dtv

Dieses Taschenbuch enthält in englisch-deutschem Paral-
leldruck sechs Erzählungen von Virgina Woolf (1882
bis 1941), einer der ganz großen Gestalten am Beginn der
modernen Literatur, der Erfinderin des «inneren Monolo-
ges», der Meisterin mehrschichtigen Erzählens:

Eine Art Osterspaziergang – der Spaziergang eines Ehe-
paares im Park: rings herum ein Welttheater kleiner – schöner oder schwieriger – Szenen...

In der Eisenbahn. Der Erzählerin gegenüber sitzt eine
Frau, die das entsagungsvolle Schicksal eines alten Mäd-
chens hinter sich hat, einen wahren Roman: das sieht man
ihr doch an – so meint die Beobachterin...

Eine Dame aus begütertem feinen Hause kauft in der
Bond Street Handschuhe (weit weg, aber irgendwie doch
gegenwärtig, ist Krieg). Weiter nichts? Nein, aber allein der
Weg dorthin ist ein Stück Weltliteratur...

Nochmals in der Eisenbahn. Nochmals eine einfache Frau
mit im Abteil. Aber ein anderer Roman: vom grandios jagd-
herrlichen Niedergang einer adligen Familie...

Eine hochsensible junge Frau erfindet ein phantastisches
Rollenspiel für sich und ihren handfester organisierten Ehemann. Das kann ja nicht auf die Dauer gutgehen...

Ein seltsamer Fleck an der Wand, plastisch hervortretend,
irgendwie unheimlich, wird zum Anlaß für ein wunderschön überschwappendes Assoziieren...

Virginia Woolf

Mrs Dalloway in Bond Street and other stories

Mrs Dalloway in der Bond Street und andere Erzählungen

Übersetzung von Harald Raykowski
unter Mitarbeit von Betty Wahl

Deutscher Taschenbuch Verlag

dtv zweisprachig · Edition Langewiesche-Brandt
herausgegeben von Kristof Wachinger

Neuausgabe April 2002
Das vorliegende Buch enthält sechs der acht Erzählungen,
die 1993 als Band dtv 9304 erschienen waren.
Deutscher Taschenbuch Verlag GmbH & Co. KG, München
Diese Ausgabe erscheint
mit Einverständnis des S. Fischer Verlages, Frankfurt am Main,
der das Gesamtwerk von Virginia Woolf in deutscher Sprache verlegt.
Copyright © The Estate of Virginia Woolf
(Kew Gardens 1919, An Unwritten Novel 1921, Mrs Dalloway in Bond
Street 1923, The Shooting Party 1938, Lappin and Lappinova 1939,
The Mark on the Wall 1921)
Umschlagkonzept: Balk & Brumshagen
Umschlagbild: Virginia Woolf at Asheham (ca. 1910) von Vanessa Bell
Gesamtherstellung: Kösel, Kempten
Gedruckt auf säurefreiem, chlorfrei gebleichtem Papier
ISBN 3-423-09415-x. Printed in Germany

From the oval-shaped flower-bed there rose perhaps a hundred stalks spreading into heart-shaped
or tongue-shaped leaves half way up and unfurl-
ing at the tip red or blue or yellow petals marked
with spots of colour raised upon the surface; and
from the red, blue or yellow gloom of the throat
emerged a straight bar, rough with gold dust and
slightly clubbed at the end. The petals were vo-
luminous enough to be stirred by the summer
breeze, and when they moved, the red, blue and
yellow lights passed one over the other, staining
an inch of the brown earth beneath with a spot
of the most intricate colour. The light fell either
upon the smooth grey back of a pebble, or the
shell of a snail with its brown circular veins, or,
falling into a raindrop, it expanded with such in-
tensity of red, blue and yellow the thin walls of
water that one expected them to burst and disappear. Instead, the drop was left in a second
silver grey once more, and the light now settled
upon the flesh of a leaf, revealing the branching
thread of fibre beneath the surface, and again it
moved on and spread its illumination in the vast
green spaces beneath the dome of the heart-
shaped and tongue-shaped leaves. Then the breeze
stirred rather more briskly overhead and the
colour was flashed into the air above, into the
eyes of the men and women who walk in Kew
Gardens in July.

The figures of these men and women straggled
past the flower-bed with a curiously irregular
movement not unlike that of the white and blue
butterflies who crossed the turf in zig-zag flights
from bed to bed. The man was about six inches
in front of the woman, strolling carelessly, while

6
7

Aus dem ovalen Beet erhoben sich an die hundert Blu-
menstengel, die von der Mitte aufwärts herzförmige oder
zungenförmige Blätter ausbreiteten und an ihrer Spitze
rote oder blaue oder gelbe Blütenblätter entfalteten, die
auf der Oberfläche bunte, leicht aufgewölbte Tupfer tru-
gen; und aus dem roten, blauen oder gelben Dunkel ihres
Kelchs ragte ein gerader Griffel hervor, rauh von Gold-
staub und vorn ein wenig verdickt. Die Blütenkelche waren groß genug, um sich in der sommerlichen Brise zu
wiegen, und wenn sie sich bewegten, überlagerten sich
die roten, blauen und gelben Lichter und warfen auf die
braune Erde darunter einen kleinen bunten Flecken von
höchst verschiedenartiger Färbung.

Das Licht fiel mal auf
den glatten, grauen Rücken eines Kieselsteins, mal auf
ein Schneckenhaus mit kreisförmiger brauner Linierung,
oder es fiel auf einen Regentropfen und dehnte die zarte
Haut des Wassers mit einem so intensiven Rot, Blau und
Gelb, daß man glaubte, sie müßte bersten und sich auf-
lösen. Sekunden später war der Tropfen aber wieder
silbrig-grau, und das Licht legte sich nun auf das Fleisch
eines Blattes und ließ die faserigen Verästelungen in seinem Innern aufscheinen, und dann bewegte es sich wieder weiter und brachte Helligkeit in die weitläufigen
grünen Gewölbe unter dem Dach der herzförmigen und
zungenförmigen Blätter. Dann strich der Wind kräfti-
ger darüber, und die Farbe strahlte nach oben in die
Augen der Männer und Frauen, die einen Spaziergang in
Kew Gardens im Juli machen.

Die Männer und Frauen bewegten sich an diesem Beet
in eigenartig ziellosem Schlendergang vorüber, der den
Bewegungen der weißen und blauen Schmetterlinge äh-
nelte, die im Zickzack über den Rasen von einem Beet
zum andern flogen. Der Mann spazierte unbekümmert
etwa eine halbe Fußlänge vor der Frau her, während sie

she bore on with greater purpose, only turning her head now and then to see that the children were not too far behind. The man kept this distance in front of the woman purposely, though perhaps unconsciously, for he wanted to go on with his thoughts.

"Fifteen years ago I came here with Lily," he thought. "We sat somewhere over there by a lake, and I begged her to marry me all through the hot afternoon. How the dragon-fly kept circling round us: how clearly I see the dragon-fly and her shoe with the square silver buckle at the toe. All the time I spoke I saw her shoe and when it moved impatiently I knew without looking up what she was going to say: the whole of her seemed to be in her shoe.

And my love, my desire, were in the dragon-fly; for some reason I thought that if it settled there, on that leaf, the broad one with the red flower in the middle of it, if the dragon-fly settled on the leaf she would say 'Yes' at once. But the dragon-fly went round and round: it never settled anywhere – of course not, happily not, or I shouldn't be walking here with Eleanor and the children – Tell me, Eleanor, d'you ever think of the past?"

"Why do you ask, Simon?"

"Because I've been thinking of the past. I've been thinking of Lily, the woman I might have married... Well, why are you silent? Do you mind my thinking of the past?"

"Why should I mind, Simon? Doesn't one always think of the past, in a garden with men and women lying under the trees? Aren't they one's past, all that remains of it, those men and women, those ghosts lying under the trees... one's happiness, one's reality?"

zielgerichteter vorwärtsstrebte und sich nur gelegentlich umdrehte, um sich zu vergewissern, daß die Kinder nicht zu weit zurückblieben. Daß der Mann in diesem Abstand vor der Frau herging, war kein Zufall, auch wenn es vielleicht unbewußt geschah, denn er wünschte seinen Gedanken nachzuhängen.

«Vor fünfzehn Jahren war ich mit Lily hier», dachte er. «Wir saßen irgendwo dort drüben an einem Teich, und ich bat sie den ganzen heißen Nachmittag lang, meine Frau zu werden. Immerzu schwirrte eine Libelle um uns herum. Ich sehe die Libelle noch ganz deutlich vor mir und Lilys Schuh, der vorn eine viereckige Silberschnalle hatte. Während ich sprach, sah ich die ganze Zeit ihren Schuh an, und als er eine unwillige Bewegung machte, wußte ich, ohne aufzusehen, was sie sagen würde: ihre ganze Person schien in diesem Schuh zu stecken. Und meine Liebe, mein Verlangen steckten in der Libelle. Aus irgendeinem Grund dachte ich, wenn sie sich dort niederließe, auf diesem Blatt, dem breiten, in dessen Mitte eine rote Blüte sitzt, wenn die Libelle sich auf diesem Blatt niederließe, würde Lily gleich darauf ‹Ja› sagen. Aber die Libelle flog immer im Kreis und ließ sich nirgends nieder – natürlich nicht, glücklicherweise nicht, sonst würde ich jetzt nicht mit Eleanor und den Kindern hier spazierengehen. – Sag, Eleanor, denkst du manchmal an früher?»

«Warum fragst du, Simon?»

«Weil ich gerade an früher gedacht habe. Ich habe an Lily gedacht, die Frau, die ich fast geheiratet hätte. – Nun, warum sagst du nichts? Macht es dir etwas aus, wenn ich an früher denke?»

«Warum sollte es mir etwas ausmachen, Simon? In einem Park, wo Männer und Frauen unter Bäumen liegen, denkt man doch immer an früher. Sind sie nicht unsere Vergangenheit, das, was von ihr geblieben ist, diese Männer und Frauen, diese Geister unter den Bäumen – unser Glück, unsere Wirklichkeit?»

"For me, a square silver shoe-buckle and a dragon-fly –"

"For me, a kiss. Imagine six little girls sitting before their easels twenty years ago, down by the side of a lake, painting the water-lilies, the first red water-lilies I'd ever seen. And suddenly a kiss, there on the back of my neck. And my hand shook all the afternoon so that I couldn't paint. I took out my watch and marked the hour when I would allow myself to think of the kiss for five minutes only – it was so precious – the kiss of an old grey-haired woman with a wart on her nose, the mother of all my kisses all my life. Come Caroline, come Hubert."

They walked on past the flower-bed, now walking four abreast, and soon diminished in size among the trees and looked half transparent as the sunlight and shade swam over their backs in large trembling irregular patches.

In the oval flower-bed the snail, whose shell had been stained red, blue and yellow for the space of two minutes or so, now appeared to be moving very slightly in its shell, and next began to labour over the crumbs of loose earth which broke away and rolled down as it passed over them. It appeared to have a definite goal in front of it, differing in this respect from the singular high-stepping angular green insect who attempted to cross in front of it, and waited for a second with its antennae trembling as if in deliberation, and then stepped off as rapidly and strangely in the opposite direction. Brown cliffs with deep green lakes in the hollows, flat blade-like trees that waved from root to tip, round boulders of grey stone, vast crumpled surfaces of a thin crackling texture—all these objects lay across the snail's progress between one stalk and another to his goal

«Für mich ist es eine silberne Schuhspange und eine Libelle...»

«Für mich ein Kuß. Denk dir sechs kleine Mädchen, die vor zwanzig Jahren an ihren Staffeleien saßen, dort unten an einem Teich, und Wasserlilien malten, die ersten roten Wasserlilien, die ich je gesehen hatte. Und dann plötzlich ein Kuß, hier auf meinen Nacken. Und meine Hand zitterte den ganzen Nachmittag so sehr, daß ich nicht malen konnte. Ich holte meine Uhr hervor und setzte eine Zeit fest, zu der ich mir gestattete, fünf Minuten an diesen Kuß zu denken, nicht länger – er war zu kostbar – der Kuß einer alten, grauhaarigen Frau mit einer Warze an der Nase, Mutter aller Küsse meines Lebens. Komm, Caroline! Komm, Hubert!»

Sie gingen an dem Blumenbeet vorüber, jetzt zu viert nebeneinander, und bald wurden sie immer kleiner zwischen den Bäumen und wirkten fast durchsichtig, als Licht und Schatten ihnen in großen vibrierenden, unregelmäßigen Flecken über den Rücken flossen.

Die Schnecke auf dem ovalen Beet, deren Haus für die Dauer von etwa zwei Minuten rot, blau und gelb schimmerte, schien sich jetzt ganz leicht in ihrem Haus zu regen und fing bald darauf an, sich mit den losen Erdkrumen zu mühen, die sich lösten und zur Seite rollten, während sie darüberkroch. Sie schien ein ganz bestimmtes Ziel zu haben, gerade vor ihr, und darin unterschied sie sich von dem sonderbar hochbeinigen, kantigen, grünen Insekt, das gerade vor ihr den Weg zu queren versuchte. Bedächtig, mit zitternden Fühlern wartete sie einen Augenblick und setzte sich dann so eilig wie zuvor in Bewegung, aber seltsamerweise in die entgegengesetzte Richtung. Braune Klippen und dazwischen tiefe grüne Seen, Bäume so flach wie Klingen, die von der Wurzel bis zur Spitze schwankten, glattes graues Gestein, weite gefurchte Flächen von brüchiger, schrundiger Beschaffenheit – all das war der Schnecke im Weg, während sie sich von Stengel zu Stengel auf ihr Ziel zu bewegte.

Before he had decided whether to circumvent the arched tent of a dead leaf or to breast it there came past the bed the feet of other human beings.

This time they were both men. The younger of the two wore an expression of perhaps unnatural calm; he raised his eyes and fixed them very steadily in front of him while his companion spoke, and directly his companion had done speaking he looked on the ground again and sometimes opened his lips only after a long pause and sometimes did not open them at all. The elder man had a curiously uneven and shaky method of walking, jerking his hand forward and throwing up his head abruptly, rather in the manner of an impatient carriage horse tired of waiting outside a house; but in the man these gestures were irresolute and pointless. He talked almost incessantly; he smiled to himself and again began to talk, as if the smile had been an answer. He was talking about spirits – the spirits of the dead, who, according to him, were even now telling him all sorts of odd things about their experiences in Heaven.

"Heaven was known to the ancients as Thessaly, William, and now, with this war, the spirit matter is rolling between the hills like thunder." He paused, seemed to listen, smiled, jerked his head and continued:–

"You have a small electric battery and a piece of rubber to insulate the wire – isolate? – insulate? – well, we'll skip the details, no good going into details that wouldn't be understood – and in short the little machine stands in any convenient position by the head of the bed, we will say, on a neat mahogany stand. All arrangements being properly fixed by workmen under my direction, the widow applies her ear and summons the spi-

Noch ehe sie sich entschieden hatte, ob sie das Zeltdach eines dürren Blattes umgehen oder überklettern sollte, kamen schon wieder menschliche Füße daher.

Dieses Mal waren es zwei Männer. Der jüngere der beiden wirkte geradezu unnatürlich ruhig. Er hatte den Blick gehoben und sah, während sein Begleiter sprach, völlig starr vor sich hin; immer wenn sein Begleiter verstummte, sah er wieder zu Boden, und manchmal öffnete er seine Lippen, erst nach einer langen Pause, und manchmal öffnete er sie auch gar nicht. Der ältere Mann hatte eine seltsam ungleichmäßige und ruckhafte Art zu gehen, wobei er eine Hand nach vorn warf und heftig den Kopf zurückwarf – so ähnlich wie ein ungeduldiger Droschkengaul, der schon zu lange vor einem Haus gewartet hat; nur daß bei dem Mann diese Bewegungen ungewollt und bedeutungslos erschienen.

Er redete fast ununterbrochen; er lächelte kurz für sich und redete dann weiter, als wäre das Lächeln eine Antwort gewesen. Es sprach über Geister – die Geister der Verstorbenen, die ihm, seinen Worten zufolge, soeben alle möglichen sonderbaren Dinge über ihre Erfahrungen im Himmel mitteilten.

«Der Himmel, William, das war für die Alten Thessalien, und jetzt, durch diesen Krieg, grollt die geistige Materie zwischen den Bergen wie Donner.» Er schwieg, schien zu lauschen, lächelte, ruckte mit dem Kopf und sprach weiter:

«Man nimmt eine kleine elektrische Batterie und ein Stück Gummi für die Isolierung des Drahts – Isolation? – Isolierung? – ach, lassen wir diese Feinheiten, solche Feinheiten würden ja doch nicht verstanden – jedenfalls steht diese kleine Vorrichtung an einem geeigneten Platz am Kopfende des Bettes, sagen wir auf einem kleinen Mahagonitisch. Wenn alles von Helfern nach meinen Anweisungen ordentlich hergerichtet ist, legt die Witwe ihr Ohr daran und ruft mit einem vorher verein-

rit by sign as agreed. Women! Widows! Women in black –"

Here he seemed to have caught sight of a woman's dress in the distance, which in the shade looked a purple black. He took off his hat, placed his hand upon his heart, and hurried towards her muttering and gesticulating feverishly. But William caught him by the sleeve and touched a flower with the tip of his walking-stick in order to divert the old man's attention. After looking at it for a moment in some confusion the old man bent his ear to it and seemed to answer a voice speaking from it, for he began talking about the forests of Uruguay which he had visited hundreds of years ago in company with the most beautiful young woman in Europe. He could be heard murmuring about forests of Uruguay blanketed with the wax petals of tropical roses, nightingales, sea beaches, mermaids and women drowned at sea, as he suffered himself to be moved on by William, upon whose face the look of stoical patience grew slowly deeper and deeper.

Following his steps so closely as to be slightly puzzled by his gestures came two elderly women of the lower middle class, one stout and ponderous, the other rosy-cheeked and nimble. Like most people of their station they were frankly fascinated by any signs of eccentricity betokening a disordered brain, especially in the well-to-do; but they were too far off to be certain whether the gestures were merely eccentric or genuinely mad.

After they had scrutinised the old man's back in silence for a moment and given each other a queer, sly look, they went on energetically piecing together their very complicated dialogue:

barten Zeichen den Geist. Frauen! Witwen! Frauen in Schwarz...»

In diesem Augenblick schien er in einiger Entfernung das Kleid einer Frau entdeckt zu haben, das im Schatten schwarzviolett wirkte. Er nahm seinen Hut ab, legte seine Hand aufs Herz und wollte unter Murmeln und mit heftigen Armbewegungen auf sie zueilen. William ergriff ihn jedoch beim Ärmel und berührte mit der Spitze seines Spazierstocks eine Blume, um die Aufmerksamkeit des alten Mannes auf etwas anderes zu lenken. Nachdem der Alte einen Augenblick verwirrt die Blume betrachtet hatte, neigte er sein Ohr darüber und begann, als antwortete er einer Stimme, die aus der Blume sprach, von den Urwäldern Uruguays zu reden, die er vor Zeiten in Gesellschaft einer jungen Frau, der schönsten in Europa, besucht hatte. Von den Urwäldern Uruguays, übersät von den wächsernen Blütenblättern tropischer Rosen, hörte man ihn murmeln, von Nachtigallen, Meeresstränden, Seejungfern und ertrunkenen Frauen; während er sich von William weiterführen ließ, dessen Gesicht immer mehr den Ausdruck stoischer Geduld annahm.

Ihm folgten in kurzem Abstand, so daß seine Bewegungen sie neugierig machten, zwei ältere Frauen der unteren Mittelschicht, die eine behäbig und schwerfällig, die andere rotwangig und beweglich. Wie die meisten Menschen ihres Standes schenkten sie allem Exzentrischen, das auf einen verwirrten Geist hindeutet, unverhohlene Aufmerksamkeit, besonders wenn es sich um wohlhabende Personen handelte. Aber sie waren zu weit entfernt, um mit Sicherheit sagen zu können, ob dies die Gesten eines bloßen Exzentrikers oder eines wirklich Verrückten waren. Nachdem sie den alten Mann eine Weile schweigend von hinten gemustert und einander dann einen vielsagenden Blick zugeworfen hatten, fuhren sie eifrig fort, die Bestandteile ihres höchst komplizierten Zwiegesprächs zusammenzufügen:

"Nell, Bert, Lot, Cess, Phil, Pa, he says, I says, she says, I says, I says, I says –"

"My Bert, Sis, Bill, Grandad, the old man,
          Sugar, flour, kippers, greens, |sugar
          Sugar, sugar, sugar."

The ponderous woman looked through the pattern of falling words at the flowers standing cool, firm and upright in the earth, with a curious expression. She saw them as a sleeper waking from a heavy sleep sees a brass candlestick reflecting the light in an unfamiliar way, and closes his eyes and opens them, and seeing the brass candlestick again, finally starts broad awake and stares at the candlestick with all his powers. So the heavy woman came to a standstill opposite the oval-shaped flower-bed, and ceased even to pretend to listen to what the other woman was saying. She stood there letting the words fall over her, swaying the top part of her body slowly backwards and forwards, looking at the flowers. Then she suggested that they should find a seat and have their tea.

The snail had now considered every possible method of reaching his goal without going round the dead leaf or climbing over it. Let alone the effort needed for climbing a leaf, he was doubtful whether the thin texture which vibrated with such an alarming crackle when touched even by the tip of his horns would bear his weight; and this determined him finally to creep beneath it, for there was a point where the leaf curved high enough from the ground to admit him. He had just inserted his head in the opening and was taking stock of the high brown roof and was getting used to the cool brown light when two other people came past outside on the turf. This time they were both young, a young man and a young woman. They

«Nell, Bert, Lot, Cess, Phil, Papa, sagt er, sag ich, sagt
sie, sag ich, sag ich, sag ich...»
«Mein Bert, Schwester, Bill, Opa, der Alte, Zucker,
      Zucker, Mehl, Räucherhering, Grünzeug,
      Zucker, Zucker, Zucker.»
Die schwerfällige Frau sah mit sonderbarem Gesichts-
ausdruck durch das Gefüge herabfallender Worte hindurch die Blumen an, die kühl, fest und aufrecht in der
Erde standen. Sie nahm sie wahr wie jemand, der aus
tiefem Schlaf erwacht und einen Kerzenleuchter aus Mes-
sing erblickt, in dem sich das Licht in ungewohnter Weise
spiegelt, und der daraufhin die Augen schließt und wieder
öffnet, den Kerzenleuchter wieder sieht und nun mit
einemmal hellwach ist und den Kerzenleuchter mit
ganzer Aufmerksamkeit betrachtet.

So blieb die schwer-
gewichtige Frau an dem ovalen Blumenbeet stehen und
tat nicht einmal mehr so, als hörte sie der anderen Frau
zu. Sie stand nur da, ließ die Worte an sich herabrieseln
und betrachtete, sich langsam in den Hüften wiegend,
die Blumen. Dann schlug sie vor, eine Bank zu suchen
und Tee zu trinken.

Die Schnecke hatte inzwischen alle Möglichkeiten er-
wogen, an ihr Ziel zu gelangen, ohne das welke Blatt
zu umrunden oder zu überklettern. Abgesehen von der
Mühe, die es kosten würde, auf ein Blatt zu klettern,
hegte sie Zweifel, ob das brüchige Material, das schon
beängstigend zitterte und knisterte, wenn sie es nur mit
den Fühlerspitzen berührte, ihr Gewicht tragen könnte;
und so beschloß sie, darunter hindurchzukriechen, denn
an einer Stelle bildete das Blatt eine Wölbung, die hoch
genug war, um sie durchzulassen. Gerade hatte sie ihren
Kopf in die Öffnung gesteckt, das hohe braune Dach
in Augenschein genommen und sich an das gedämpfte
braune Licht gewöhnt, da kamen draußen auf dem Rasen
wieder zwei Menschen vorbei. Diesmal waren beide jung,
ein junger Mann und eine junge Frau. Beide standen in

were both in the prime of youth, or even in that season which precedes the prime of youth, the season before the smooth pink folds of the flower have burst their gummy case, when the wings of the butterfly, though fully grown, are motionless in the sun.

"Lucky it isn't Friday," he observed.

"Why? D'you believe in luck?"

"They make you pay sixpence on Friday."

"What's sixpence anyway? Isn't it worth sixpence?"

"What's 'it' – what do you mean by 'it'?"

"O anything – I mean – you know what I mean."

Long pauses came between each of these remarks: they were uttered in toneless and monotonous voices. The couple stood still on the edge of the flower-bed, and together pressed the end of her parasol deep down into the soft earth. The action and the fact that his hand rested on the top of hers expressed their feelings in a strange way, as these short insignificant words also expressed something, words with short wings for their heavy body of meaning, inadequate to carry them far and thus alighting awkwardly upon the very common objects that surrounded them and were to their inexperienced touch so massive: but who knows (so they thought as they pressed the parasol into the earth) what precipices aren't concealed in them, or what slopes of ice don't shine in the sun on the other side? Who knows? Who has ever seen this before? Even when she wondered what sort of tea they gave you at Kew, he felt that something loomed up behind her words, and stood vast and solid behind them; and the mist very slowly rose and uncovered – O Heavens, – what were those shapes? – little white

der Blüte ihrer Jugend, vielleicht auch erst in dem Lebensabschnitt, der dieser Blüte der Jugend vorangeht: bevor die zarten rosa Falten der Blüte ihre klebrige Umhüllung sprengen; wenn die Flügel des Schmetterlings, obwohl schon ausgewachsen, sich noch nicht in der Sonne regen.

«Ein Glück, daß heute nicht Freitag ist», bemerkte er.

«Wieso? Bist du abergläubisch?»

«Freitags muß man Sixpence bezahlen.»

«Was sind schon Sixpence? Ist es denn keine Sixpence wert?»

«Was heißt ‹es›? Was meinst du mit ‹es›?»

«Ach, alles... Ich meine... Na, du weißt schon, was ich meine.»

Jeder dieser Bemerkungen, die mit ausdrucksloser, eintöniger Stimme gesprochen wurden, folgte eine lange Pause. Das Paar blieb am Rand des Blumenbeets stehen, und gemeinsam steckten sie die Spitze ihres Sonnenschirms tief in die weiche Erde. Dieser Vorgang und die Tatsache, daß seine Hand dabei auf ihrer lag, drückten auf eigentümliche Weise ihre Gefühle aus, so wie diese wenigen nichtssagenden Worte ebenfalls etwas ausdrückten, diese Worte, deren Flügel für die Bedeutungsschwere ihrer Körper viel zu schwach waren, ungeeignet, sie weit zu tragen, so daß sie sich schwerfällig auf den gewöhnlichsten Gegenständen niederließen, die gerade in der Nähe waren und die ihren unerfahrenen Sinnen so tragfähig vorkamen. Wer weiß, dachten sie, als sie den Sonnenschirm in die Erde steckten, was für Abgründe sich dahinter verbergen oder was für Eisberge auf der anderen Seite in der Sonne glänzen. Wer weiß? Wer hat das je gesehen? Sogar als sie fragte, was man in Kew wohl zum Tee bekäme, hatte er das Gefühl, daß hinter ihren Worten etwas aufragte, groß und mächtig dahinter stünde. Und der Dunst hob sich allmählich und enthüllte – Himmel, was waren das für Formen? – kleine weiße Tische und Kellnerinnen, die erst sie und dann ihn ansahen; und es

tables, and waitresses who looked first at her and then at him; and there was a bill that he would pay with a real two shilling piece, and it was real, all real, he assured himself, fingering the coin in his pocket, real to everyone except to him and to her; even to him it began to seem real; and then – but it was too exciting to stand and think any longer, and he pulled the parasol out of the earth with a jerk and was impatient to find the place where one had tea with other people, like other people.

"Come along, Trissie; it's time we had our tea."

"Wherever *does* one have one's tea?" she asked with the oddest thrill of excitement in her voice, looking vaguely round and letting herself be drawn on down the grass path, trailing her parasol, turning her head this way and that way, forgetting her tea, wishing to go down there and then down there, remembering orchids and cranes among wild flowers, a Chinese pagoda and a crimson-crested bird; but he bore her on.

Thus one couple after another with much the same irregular and aimless movement passed the flower-bed and were enveloped in layer after layer of green-blue vapour, in which at first their bodies had substance and a dash of colour, but later both substance and colour dissolved in the green-blue atmosphere. How hot it was! So hot that even the thrush chose to hop, like a mechanical bird, in the shadow of the flowers, with long pauses between one movement and the next; instead of rambling vaguely the white butterflies danced one above another, making with their white shifting flakes the outline of a shattered marble column above the tallest flowers; the glass roofs of the palm house shone as if a whole market full of shiny green umbrellas had opened in the sun; and in

kam eine Rechnung, die er mit einer wirklichen Zwei-Shilling-Münze bezahlen würde, und alles war wirklich, ganz wirklich, dessen vergewisserte er sich, indem er mit der Münze in seiner Tasche spielte, für alle war es wirklich außer für ihn und für sie, und selbst ihm kam es allmählich wirklich vor; und dann – aber es war alles zu aufregend, um noch länger dazustehen und zu sinnieren, und so zog er den Schirm mit einem Ruck aus der Erde und drängte darauf, sich auf die Suche zu machen, wo man wie andere Leute mit anderen Leuten Tee trinken konnte.

«Komm, Trissie, es wird Zeit für unsern Tee.»

«Wo kann man denn hier Tee trinken?» fragte sie mit seltsam freudiger Erregung in der Stimme und sah sich suchend um, ließ sich dann den Weg hinunterführen, den Sonnenschirm hinter sich herziehend, sah bald hierhin, bald dorthin, vergaß ihren Tee, wollte erst hierhin gehen, dann dorthin, erinnerte sich an Orchideen und Kraniche zwischen wilden Blumen, eine chinesische Pagode und einen Vogel mit karmesinroter Haube; aber er zog sie weiter.

So schlenderte ein Paar nach dem anderen in der gleichen ziellosen gleichmütigen Weise an dem Blumenbeet vorüber, umhüllt von mehreren Schichten grünblauen Dunstes, in dem ihre Körper anfangs noch Gestalt und einen Hauch Farbe hatten; aber nach und nach lösten sich Gestalt und Farbe in der grünblauen Atmosphäre auf. Wie heiß es war! So heiß, daß selbst die Drossel es vorzog zu hüpfen, wie ein mechanischer Vogel, im Schatten der Blumen, mit langen Pausen zwischen der einen Bewegung und der nächsten. Die weißen Schmetterlinge, anstatt umherzugaukeln, tanzten übereinander, und ihre ruhelosen weißen Flocken bildeten über den größten der Blumen die Umrisse einer zerborstenen Marmorsäule. Die Glasdächer des Palmenhauses funkelten, als wäre ein ganzer Markt für glänzend grüne Schirme im Sonnenschein eröffnet worden. Und im Brummen des

the drone of the aeroplane the voice of the summer sky murmured its fierce soul. Yellow and black, pink and snow white, shapes of all these colours, men, women and children, were spotted for a second upon the horizon, and then, seeing the breadth of yellow that lay upon the grass, they wavered and sought shade beneath the trees, dissolving like drops of water in the yellow and green atmosphere, staining it faintly with red and blue. It seemed as if all gross and heavy bodies had sunk down in the heat motionless and lay huddled upon the ground, but their voices went wavering from them as if they were flames lolling from the thick waxen bodies of candles. Voices, yes, voices, wordless voices, breaking the silence suddenly with such depth of contentment, such passion of desire, or, in the voices of children, such freshness of surprise; breaking the silence? But there was no silence; all the time the motor omnibuses were turning their wheels and changing their gear; like a vast nest of Chinese boxes all of wrought steel turning ceaselessly one within another the city murmured; on the top of which the voices cried aloud and the petals of myriads of flowers flashed their colours into the air.

Flugzeugs erklang die Stimme des Sommerhimmels, das Murmeln seiner Wildheit. Gelb und schwarz, rosarot und schneeweiß, Gestalten in all diesen Farben, Männer, Frauen und Kinder, waren für Sekunden am Horizont zu sehen; aber als sie das ausgedehnte Gelb auf dem Rasen sahen, zauderten sie und suchten unter den Bäumen Schatten, lösten sich auf wie Wassertröpfchen in der gelben und grünen Atmosphäre, der sie eine schwach rot und blaue Tönung gaben. Es war, als wären alle massigen und schweren Körper in der Hitze bewegungslos niedergesunken und lägen nun zusammengekauert am Boden, aber ihre Stimmen stiegen zögernd auf wie Flammen, die sich von den Körpern dicker Wachskerzen schwankend erheben. Stimmen. Ja, Stimmen. Wortlose Stimmen, die die Stille plötzlich mit so tiefer Zufriedenheit durchbrachen, so leidenschaftlichem Verlangen oder, wenn es die Stimmen von Kindern waren, so frischem Erstaunen. Die Stille durchbrachen? Aber es war gar nicht still. Die ganze Zeit über war da das Rollen der Räder und das Schalten der Gänge von Omnibussen. Wie ein kolossaler Satz chinesischer Dosen, alle aus Edelstahl, die sich unaufhörlich eine in der anderen drehen – so murmelte die Stadt. Und über alle dem waren laute Stimmen zu hören, und die Blüten unzähliger Blumen strahlten ihre Farben in die Luft.

Such an expression of unhappiness was enough by itself to make one's eyes slide above the paper's edge to the poor woman's face – insignificant without that look, almost a symbol of human destiny with it. Life's what you see in people's eyes; life's what they learn, and, having learnt it, never, though they seek to hide it, cease to be aware of – what? That life's like that, it seems. Five faces opposite – five mature faces – and the knowledge in each face.

Strange though, how people want to conceal it! Marks of reticence are on all those faces: lips shut, eyes shaded, each one of the five doing something to hide or stultify his knowledge. One smokes; another reads; a third checks entries in a pocket-book; a fourth stares at the map of the line framed opposite; and the fifth – the terrible thing about the fifth is that she does nothing at all. She looks at life. Ah, but my poor, unfortunate woman, do play the game – do, for all our sakes, conceal it!

As if she heard me, she looked up, shifted slightly in her seat and sighed. She seemed to apologise and at the same time to say to me, "If only you knew!" Then she looked at life again. "But I do know," I answered silently, glancing at *The Times* for manners' sake: "I know the whole business. 'Peace between Germany and the Allied Powers was yesterday officially ushered in at Paris – Signor Nitti, the Italian Prime Minister – a passenger train at Doncaster was in collision with a goods train...' We all know – *The Times* knows – but we pretend we don't." My eyes had once more crept over the paper's rim. She shuddered, twitched her arm queerly to the middle of her

Ein ungeschriebener Roman

Allein dieser Ausdruck von Unglück genügte, um den Blick über den Zeitungsrand zum Gesicht dieser armen Frau gleiten zu lassen – ohne diesen Ausdruck ein nichtssagendes Gesicht, mit ihm aber geradezu ein Symbol menschlichen Schicksals. Das Leben ist das, was man in den Augen der Menschen sieht; das Leben ist das, was sie erfahren und was ihnen, wenn sie es einmal erfahren haben, immerzu, auch wenn sie es zu verbergen suchen, gegenwärtig ist. Was? Anscheinend, daß das Leben so ist. Gegenüber fünf Gesichter – fünf reife Gesichter – und in jedem dieses Wissen. Seltsam nur, wie die Menschen es zu verbergen suchen! Zeichen von Verschlossenheit in all diesen Gesichtern: Lippen zusammengepreßt, Augen umschattet, tut jede dieser fünf Personen etwas, um ihr Wissen zu verbergen oder zu verleugnen. Die eine raucht, eine andere liest, eine dritte studiert ein Notizbuch, eine vierte betrachtet die gerahmte Streckenkarte gegenüber, und die fünfte – das Schreckliche an der fünften ist, daß sie gar nichts tut. Sie betrachtet das Leben. Ach, Sie arme, unglückliche Frau, so spielen Sie doch auch dieses Spiel – verbergen Sie es, uns zuliebe!

Sie sah auf, als hätte sie mich gehört, rutschte etwas auf ihrem Sitz hin und her und seufzte. Es war, als wollte sie sich bei mir entschuldigen und gleichzeitig sagen: «Wenn Sie wüßten!» Dann betrachtete sie wieder das Leben. «Aber ich weiß ja», erwiderte ich stumm und sah anstandshalber in die Times. «Ich kenne das alles. ‹Der Friede zwischen Deutschland und den Alliierten wurde gestern in Paris offiziell bekanntgegeben – Signor Nitti, der italienische Premierminister – In Doncaster stieß ein Personenzug mit einem Güterzug zusammen...› Wir alle wissen, die Times weiß, aber wir tun so, als wüßten wir nichts.» Meine Augen waren wieder über den Zeitungsrand geklettert. Sie schauderte, verdrehte ihren Arm sonderbar auf den Rücken und schüttelte den Kopf. Wieder

back and shook her head. Again I dipped into my great reservoir of life. "Take what you like," I continued, "births, deaths, marriages, Court Circular, the habits of birds, Leonardo da Vinci, the Sandhills murder, high wages and the cost of living – oh, take what you like," I repeated, "it's all in *The Times!*" Again with infinite weariness she moved her head from side to side until, like a top exhausted with spinning, it settled on her neck.

The Times was no protection against such sorrow as hers. But other human beings forbade intercourse. The best thing to do against life was to fold the paper so that it made a perfect square, crisp, thick, impervious even to life. This done, I glanced up quickly, armed with a shield of my own. She pierced through my shield; she gazed into my eyes as if searching any sediment of courage at the depths of them and damping it to clay. Her twitch alone denied all hope, discounted all illusion.

So we rattled through Surrey and across the border into Sussex. But with my eyes upon life I did not see that the other travellers had left, one by one, till, save for the man who read, we were alone together. Here was Three Bridges station. We drew slowly down the platform and stopped. Was he going to leave us? I prayed both ways – I prayed last that he might stay. At that instant he roused himself, crumpled his paper contemptuously, like a thing done with, burst open the door and left us alone.

The unhappy woman, leaning a little forward, palely and colourlessly addressed me – talked of stations and holidays, of brothers at Eastbourne, and the time of year, which was, I forget now, early or late. But at last looking from the window and seeing, I knew, only life, she breathed.

tauchte ich in mein großes Reservoir des Lebens. «Nehmen Sie, was Sie wollen», fuhr ich fort, «Geburtsanzeigen, Todesanzeigen, Heiraten, Hofnachrichten, Lebensgewohnheiten der Vögel, Leonardo da Vinci, den Mord von Sandhills, hohe Löhne und Lebenshaltungskosten – ach, nehmen Sie, was sie wollen», wiederholte ich, «es steht alles in der Times!» Wieder dreht sie den Kopf unendlich müde hin und her, bis er schließlich zur Ruhe kam wie ein Kreisel, der sich nicht mehr drehen will.

Gegen einen Kummer wie ihren bot auch die Times keinen Schutz. Aber wegen der Anwesenden war ein Gespräch unmöglich. Das beste, was man gegen das Leben tun konnte, war, die Zeitung zu einem dicken, knisternden Viereck zusammenzufalten, durch das nicht einmal das Leben dringen konnte. Als ich damit fertig war und nun einen Schutzschild hatte, sah ich flüchtig auf. Sie durchbohrte meinen Schild, sie starrte mir in die Augen, als wollte sie auf ihrem Grund eine feste Schicht von Lebensmut aufspüren und zu Lehm aufweichen. Allein ihr Zucken verneinte alle Hoffnung, zerstörte jede Illusion.

So ratterten wir durch Surrey und hinüber nach Sussex. Da ich nur das Leben im Blick hatte, bemerkte ich gar nicht, daß die Mitreisenden einer nach dem andern ausgestiegen waren und wir uns bis auf den lesenden Mann allein im Abteil befanden. Jetzt kam der Bahnhof Three Bridges. Langsam rollten wir am Bahnsteig entlang und hielten dann. Würde er uns verlassen? Ich betete für beides – zuletzt dafür, daß er bleiben möge. In diesem Augenblick stand er auf, knüllte seine Zeitung verächtlich zusammen wie etwas, mit dem er fertig war, stieß die Tür auf und ließ uns allein zurück.

Die unglückliche Frau, blaß und farblos, beugte sich ein wenig vor und sprach mich an – redete von Bahnhöfen und Ferien, Brüdern in Eastbourne und der Jahreszeit – ich habe vergessen, ob es Frühjahr oder Herbst war. Aber als sie schließlich aus dem Fenster blickte und – da war ich sicher – nichts als das Leben sah, holte sie tief Luft.

"Staying away – that's the drawback of it –" Ah, now we approached the catastrophe, "My sister-in-law" – the bitterness of her tone was like lemon on cold steel, and speaking, not to me, but to herself, she muttered, "Nonsense, she would say – that's what they all say," and while she spoke she fidgeted as though the skin on her back were as a plucked fowl's in a poulterer's shop-window.

"Oh, that cow!" she broke off nervously, as though the great wooden cow in the meadow had shocked her and saved her from some indiscretion. Then she shuddered, and then she made the awkward angular movement that I had seen before, as if, after the spasm, some spot between the shoulders burnt or itched. Then again she looked the most unhappy woman in the world, and I once more reproached her, though not with the same conviction, for if there were a reason, and if I knew the reason, the stigma was removed from life.

"Sisters-in-law," I said –

Her lips pursed as if to spit venom at the word; pursed they remained. All she did was to take her glove and rub hard at a spot on the window-pane. She rubbed as if she would rub something out for ever – some stain, some indelible contamination. Indeed, the spot remained for all her rubbing, and back she sank with the shudder and the clutch of the arm I had come to expect.

Something impelled me to take my glove and rub my window. There, too, was a little speck on the glass. For all my rubbing it remained. And then the spasm went through me; I crooked my arm and plucked at the middle of my back. My skin, too, felt like the damp chicken's skin in the poulterer's shop-win-

«Nie wieder hinzugehen... das ist die Kehrseite...» Aha, jetzt kamen wir der Katastrophe näher. «Meine Schwägerin...» Die Bitterkeit ihres Tones war wie Zitronensaft auf kaltem Stahl, und sie sprach nicht zu mir, sondern zu sich selbst, als sie murmelte: «Unsinn, sagte die immer – das behaupten sie doch alle.» Und während sie sprach, rutschte sie hin und her, als wäre die Haut an ihrem Rücken wie die eines gerupften Vogels im Fenster eines Geflügelgeschäfts.

«Ach, diese Kuh!» Unsicher brach sie ab, als hätte die große hölzerne Kuh auf der Weide sie aufgeschreckt und vor einer unbedachten Enthüllung bewahrt. Dann durchlief sie ein Zucken, woraufhin sie wieder diese ungelenke eckige Bewegung machte, die mir schon früher aufgefallen war. Es war, als spürte sie nach dem Zucken ein Brennen und Jucken zwischen den Schulterblättern. Danach sah sie wieder wie die unglücklichste Frau von der Welt aus, und ich machte ihr erneut Vorwürfe, allerdings mit weniger Überzeugung, denn wenn es für ihr Unglück einen Grund gäbe und ich ihn wüßte, hätte ihr Leben sein Stigma verloren.

«Schwägerinnen...» sagte ich.

Als wollte sie bei diesem Wort Gift spucken, zog sie die Lippen zusammen und ließ sie dann gespitzt. Aber sie nahm nur einen Handschuh und rieb damit heftig an einem Fleck auf der Scheibe. Sie rieb, als wollte sie etwas für immer wegreiben – irgendeinen Makel, eine dauerhafte Verunstaltung. Aber trotz ihres Reibens ging der Fleck nicht weg, und so ließ sie sich mit einem Zucken und Armverrenken, das ich schon erwartet hatte, zurücksinken. Irgendetwas zwang mich, ebenfalls einen Handschuh zu nehmen und damit an meiner Scheibe zu reiben. Auch da war ein kleiner Fleck. Trotz meines Reibens ging er nicht weg. Und dann durchlief mich ein Zucken, ich krümmte meinen Arm und betastete meinen Rücken. Auch meine Haut fühlte sich feucht an wie die eines Huhns in einer Geflügelhandlung. Eine Stelle zwischen

dow; one spot between the shoulders itched and irritated, felt clammy, felt raw. Could I reach it? Surreptitiously I tried. She saw me. A smile of infinite irony, infinite sorrow, flitted and faded from her face. But she had communicated, shared her secret, passed her poison; she would speak no more. Leaning back in my corner, shielding my eyes from her eyes, seeing only the slopes and hollows, greys and purples, of the winter's landscape, I read her message, deciphered her secret, reading it beneath her gaze.

Hilda's the sister-in-law. Hilda? Hilda? Hilda Marsh – Hilda the blooming, the full bosomed, the matronly. Hilda stands at the door as the cab draws up, holding a coin. "Poor Minnie, more of a grasshopper than ever – old cloak she had last year. Well, well, with two children these days one can't do more. No, Minnie. I've got it; here you are, cabby – none of your ways with me. Come in, Minnie. Oh, I could carry *you*, let alone your basket!" So they go into the dining-room. "Aunt Minnie, children."

Slowly the knives and forks sink from the upright. Down they get (Bob and Barbara), hold out hands stiffly; back again to their chairs, staring between the resumed mouthfuls. [But this we'll skip; ornaments, curtains, trefoil china plate, yellow oblongs of cheese, white squares of biscuit – skip – oh, but wait! Half-way through luncheon one of those shivers; Bob stares at her, spoon in mouth. "Get on with your pudding, Bob;" but Hilda disapproves. "Why *should* she twitch?" Skip, skip, till we reach the landing on the upper floor; stairs brassbound; linoleum worn; oh, yes! little bedroom looking out over the roofs of Eastbourne – zigzagging roofs like the spines of caterpillars, this way, that way,

30
31

den Schultern juckte und tat weh, war feucht und wund. Ob ich sie erreichen konnte? Heimlich mühte ich mich. Sie bemerkte es. Ein unendlich ironisches, unendlich trauriges Lächeln huschte über ihr Gesicht und verschwand wieder. Aber sie hatte sich mitgeteilt, ihr Geheimnis offenbart, ihr Gift weitergegeben: sie würde nichts mehr sagen. Zurückgelehnt in meiner Ecke, meine Augen vor ihrem Blick abgeschirmt, nur die Hügel und Senken, das Grau und Grün der winterlichen Landschaft im Blick, las ich ihre Botschaft, entschlüsselte ihr Geheimnis, während sie mich anstarrte.

Hilda ist die Schwägerin. Hilda? Hilda? Hilda Marsh – die blühende, vollbusige, matronenhafte Hilda. Hilda steht an der Haustür, als die Droschke vorfährt, eine Münze in der Hand. «Arme Minnie, einer Heuschrecke immer ähnlicher – den alten Mantel hatte sie schon letztes Jahr an. Na ja, mehr ist mit zwei Kindern heutzutage nicht möglich. Laß nur, Minnie, ich hab's schon. Hier, Ihr Geld, junger Mann, und lassen Sie diese Bemerkungen! Komm 'rein, Minnie. Ach, ich könnte dich sogar tragen, und deinen Korb erst recht!» Und sie gehen ins Eßzimmer. «Tante Minnie, Kinder!»

Langsam werden Messer und Gabeln gesenkt. Sie stehen auf (Bob und Barbara), strecken steif die Hand aus; wieder auf ihren Stühlen, kauen sie weiter und machen große Augen. [Aber das überspringen wir: Zierat, Vorhänge, Teller mit Kleeblattmuster, gelbliche Käsestücke, viereckige weiße Keks – überspringen – aber halt! Während des Essens wieder so ein Schütteln. Bob starrt sie an, den Löffel im Mund. «Iß deinen Pudding, Bob.» Aber Hilda schaut mißbilligend. «Warum zuckt sie so?» Überspringen, überspringen, bis wir den Treppenabsatz des oberen Stockwerks erreichen: Treppenstufen mit Messingkanten, das Linoleum abgetreten. Ah ja! Kleines Schlafzimmer mit Blick über die Dächer von Eastbourne – das Zickzack von Dächern wie das Rückenmuster von Raupen, hier entlang, dort entlang, rot und gelb gestreift

striped red and yellow, with blue-black slating.]
Now, Minnie, the door's shut; Hilda heavily de-
scends to the basement; you unstrap the straps
of your basket, lay on the bed a meagre night-
gown, stand side by side furred felt slippers. The
looking-glass – no, you avoid the looking-glass.
Some methodical disposition of hatpins. Perhaps
the shell box has something in it? You shake it;
it's the pearly stud there was last year – that's
all. And then the sniff, the sigh, the sitting by
the window. Three o'clock on a December afternoon; the rain drizzling; one light low in the
skylight of a drapery emporium; another high in
a servant's bedroom – this one goes out. That
gives her nothing to look at. A moment's blank-
ness – then, what are you thinking? (Let me peep
across at her opposite; she's asleep or pretending it; so what would she think about sitting at
the window at three o'clock in the afternoon?
Health, money, bills, her God?) Yes, sitting on
the very edge of the chair looking over the roofs
of Eastbourne, Minnie Marsh prays to God.
That's all very well; and she may rub the pane
too, as though to see God better; but what God
does she see? Who's the God of Minnie Marsh,
the God of the back streets of Eastbourne, the
God of three o'clock in the afternoon? I, too, see
roofs, I see sky; but, oh, dear – this seeing of
Gods! More like President Kruger than Prince
Albert – that's the best I can do for him; and I
see him on a chair, in a black frock-coat, not so
very high up either; I can manage a cloud or two
for him to sit on; and then his hand trailing in
the cloud holds a rod, a truncheon is it? – black,
thick, thorned – a brutal old bully – Minnie's
God! Did he send the itch and the patch and the
twitch? Is that why she prays? What she rubs on

mit blauschwarzem Schiefer.] So, Minnie, die Tür ist zu. Hilda geht schwerfällig wieder hinunter. Du löst die Riemen an deinem Korb, legst dein ärmliches Nachthemd aufs Bett, stellst fellbesetzte Filzpantoffeln nebeneinander. Der Spiegel – nein, dem Spiegel gehst du aus dem Weg. Sorgfältiges Ordnen von Hutnadeln. Ob etwas im Muschelkästchen ist? Du schüttelst es, es ist derselbe Kragenknopf aus Perlmutt wie letztes Jahr, sonst nichts. Und dann das Schnuppern, der Seufzer, das Sitzen am Fenster. Drei Uhr an einem Dezembernachmittag, Nieselregen, ein einzelnes Licht unten im Dachfenster eines Kurzwarenladens, ein anderes oben in einem Dienstbotenzimmer – da, es geht aus. Jetzt gibt es nichts mehr für sie zu sehen. Einen Augenblick Leere, dann – woran denkst du? (Ich will mal eben nach meinem Gegenüber sehen: sie schläft oder tut wenigstens so. Woran mag sie wohl denken, wenn sie um drei Uhr nachmittags so am Fenster sitzt? Befinden, Geld, Rechnungen, ihren Gott?) Richtig, während sie auf der Kante ihres Stuhls sitzt und über die Dächer von Eastbourne schaut, betet Minnie Marsh zu Gott. Na schön, und vielleicht reibt sie auch an der Scheibe, als könnte sie Gott dann besser sehen. Aber was für einen Gott sieht sie da?

Wer ist der Gott der Minnie Marsh, der Gott der Seitenstraßen von Eastbourne, der Gott von drei Uhr nachmittags? Auch ich sehe Dächer, sehe Himmel, aber dieses Sehen von Göttern...! Eher so wie Präsident Krüger, weniger wie Prinz Albert – besser gelingt er mir nicht; und ich sehe ihn auf einem Stuhl sitzen, im schwarzen Gehrock, nicht sonderlich hoch oben; ein bis zwei Wolken kann ich ihm zum Sitzen geben, und dann hält seine Hand, die er in den Wolken baumeln läßt, einen Stab – oder ist es ein Knüppel, schwarz, dick, mit Dornen besetzt? Ein gewalttätiger alter Tyrann, Minnies Gott! Hat er ihr den Fleck und das Zucken und Jucken geschickt? Betet sie deswegen? Was sie da von der Scheibe wischen

the window is the stain of sin. Oh, she commit-
ted some crime!

I have my choice of crimes. The woods flit and
fly – in summer there are bluebells; in the opening there, when Spring comes, primroses. A part-
ing, was it, twenty years ago? Vows broken? Not
Minnie's!... She was faithful. How she nursed
her mother! All her savings on the tombstones
– wreaths under glass – daffodils in jars. But I'm
off the track. A crime... They would say she kept
her sorrow, suppressed her secret – her sex, they'd
say – the scientific people. But what flummery to
saddle *her* with sex! No – more like this.

Passing
down the streets of Croydon twenty years ago,
the violet loops of ribbon in the draper's window
spangled in the electric light catch her eye. She
lingers – past six. Still by running she can reach
home. She pushes through the glass swing door.
It's sale-time. Shallow trays brim with ribbons.
She pauses, pulls this, fingers that with the
raised roses on it – no need to choose, no need to
buy, and each tray with its surprises. "We don't
shut till seven," and then it *is* seven. She runs,
she rushes, home she reaches, but too late. Neigh-
bours – the doctor – baby brother – the kettle –
scalded – hospital – dead – or only the shock of
it, the blame? Ah, but the detail matters nothing! It's what she carries with her; the spot,
the crime, the thing to expiate, always there between her shoulders. "Yes," she seems to nod to
me, "it's the thing I did."

Whether you did, or what you did, I don't
mind; it's not the thing I want. The draper's window looped with violet – that'll do; a little cheap
perhaps, a little commonplace – since one has a
choice of crimes, but then so many (let me peep

will, ist der Makel der Sünde. Oh, sie hat ein Verbrechen begangen!

Mir stehen viele Verbrechen zur Auswahl. Die Wälder huschen vorüber – im Sommer blühen da Glockenblumen, in der Lichtung dort Primeln, wenn der Frühling kommt. War da nicht eine Trennung, vor zwanzig Jahren? Gebrochene Versprechen? Nicht bei Minnie! Sie war treu. Wie sie ihre Mutter gepflegt hat! Alle Ersparnisse für die Grabsteine – Kränze unter Glas, Narzissen in Vasen. Aber ich schweife ab. Ein Verbrechen... Die Leute sagten, sie habe ihren Kummer verborgen, habe ihr Geheimnis verdrängt – ihre Sexualität, sagten sie, die gelehrten Leute. Was für ein Humbug, ausgerechnet ihr Sexualität aufzubürden. – Nein, eher so: Vor zwanzig Jahren, als sie in Croydon die Straße hinuntergeht, fällt ihr Blick auf die im elektrischen Licht schimmernden Rollen violetter Bänder im Schaufenster eines Kurzwarengeschäfts. Sie bleibt stehen: schon nach sechs. Wenn sie rennt, kommt sie noch rechtzeitig nach Hause. Sie tritt durch die gläserne Pendeltür ein. Es ist Ausverkauf. In flachen Körben türmen sich Bänder. Sie steht da, zieht dies heraus, befühlt das mit den aufgesetzten Röschen – kein Zwang zu wählen, kein Zwang zu kaufen, und jeder Korb birgt neue Überraschungen. «Wir schließen erst um sieben.» Dann ist es sieben. Sie rennt, sie eilt, kommt nach Hause, aber zu spät. Nachbarn – Arzt – Brüderchen – Kessel – verbrüht – Krankenhaus – tot – oder nur Schrecken, Vorwürfe? Ach, die Einzelheiten sind unwichtig! Es ist das, was sie mit sich herumträgt, der Schandfleck, das Verbrechen, das, was es zu tilgen gilt, was da zwischen den Schulterblättern sitzt. «Ja», scheint sie mir zuzunicken, «es ist das, was ich getan habe.»

Ob du es getan hast oder was du getan hast, ist mir gleich; darum geht es mir nicht. Das violett dekorierte Schaufenster des Kurzwarengeschäfts, das genügt. Etwas billig vielleicht, etwas alltäglich – da man sich ja ein Verbrechen aussuchen kann. Aber andererseits passen nicht

across again – still sleeping, or pretending sleep! white, worn, the mouth closed – a touch of obstinacy, more than one would think – no hint of sex) – so many crimes aren't *your* crime; your crime was cheap; only the retribution solemn; for now the church door opens, the hard wooden pew receives her; on the brown tiles she kneels; every day, winter, summer, dusk, dawn (here she's at it) prays. All her sins fall, fall, for ever fall. The spot receives them. It's raised, it's red, it's burning. Next she twitches. Small boys point. "Bob at lunch today"– But elderly women are the worst.

Indeed now you can't sit praying any longer. Kruger's sunk beneath the clouds – washed over as with a painter's brush of liquid grey, to which he adds a tinge of black – even the tip of the truncheon gone now. That's what always happens! Just as you've seen him, felt him, someone interrupts. It's Hilda now.

How you hate her! She'll even lock the bathroom door overnight, too, though it's only cold water you want, and sometimes when the night's been bad it seems as if washing helped. And John at breakfast – the children – meals are worst, and sometimes there are friends – ferns don't altogether hide 'em – they guess too; so out you go along the front, where the waves are grey, and the papers blow, and the glass shelters green and draughty, and the chairs cost tuppence – too much – for there must be preachers along the sands. Ah, that's a nigger – that's a funny man – that's a man with parakeets – poor little creatures! Is there no one here who thinks of God? – just up there, over the pier, with his rod – but no – there's nothing but grey in the sky or if it's blue the white clouds hide him, and the music – it's

alle... (ich will mal wieder nach ihr sehen – schläft noch
oder tut so, als ob. Blaß, abgehärmt, Mund geschlossen
– eine Spur von Widerborstigkeit, mehr als vermutet –
keine Andeutung von Sexualität) ... passen nicht alle
Verbrechen zu dir. Deins war billig, nur die Strafe ernst,
denn nun öffnet sich das Kirchenportal, die harte Kir-
chenbank nimmt sie auf, sie kniet auf den braunen Flie-
sen, Tag für Tag, Winter und Sommer, früh und spät (so
wie jetzt) betet sie. All ihre Sünden fallen von ihr ab,
fallen ohne Ende. Der Fleck nimmt sie auf. Er ist ge-
schwollen, rot, brennt. Dann zuckt sie. Kleine Jungen
zeigen auf sie. «Bob heute beim Mittagessen...» Aber
ältere Frauen sind am schlimmsten.

Du kannst jetzt nicht länger einfach dasitzen und be-
ten. Krüger ist hinter den Wolken versunken – wie von
einem Malerpinsel mit flüssigem Grau übertüncht, dem
er noch einen Schatten Schwarz hinzufügt – sogar die
Spitze des Knüppels ist jetzt verschwunden. So geht das
jedesmal! Kaum hast du ihn gesehen, gefühlt, da stört
dich jemand. Diesmal ist es Hilda.

Wie du sie haßt! Nachts über hält sie sogar die Bade-
zimmertür verschlossen, obwohl du doch nur etwas kaltes
Wasser brauchst, denn wenn die Nacht einmal besonders
schlimm war, scheint Waschen zu helfen. Und John beim
Frühstück – die Kinder – Mahlzeiten sind das Schlimm-
ste, und manchmal sind Freunde da – Zimmerfarne können sie nicht ganz verbergen – auch sie ahnen etwas. Also
gehst du hinaus, die Strandpromenade entlang, wo die
Wellen grau sind und Papier umherfliegt und grüne, zu-
gige Pavillons aus Glas stehen und die Liegestühle zwei
Pence kosten – zuviel –, aber irgendwo am Strand muß
ein Prediger sein. Ah, da ist ein Musikant – da ist ein
Spaßmacher – da ist ein Mann mit Papageien – arme Tier-
chen! Ist denn niemand da, der an Gott denkt – gleich
dort droben, über der Pier, mit seinem Knüppel? Aber
nein, alles ist grau, und wenn der Himmel mal blau ist,
verbergen ihn die weißen Wolken, und die Musik – es

military music – and what are they fishing for? Do they catch them? How the children stare! Well, then home a back way – "Home a back way!" The words have meaning; might have been spoken by the old man with whiskers – no, no, he didn't really speak; but everything has meaning – placards leaning against doorways – names above shop-windows – red fruit in baskets – women's heads in the hairdresser's – all say "Minnie Marsh!" But here's a jerk. "Eggs are cheaper!" That's what always happens! I was heading her over the waterfall, straight for madness, when, like a flock of dream sheep, she turns t'other way and runs between my fingers. Eggs are cheaper. Tethered to the shores of the world, none of the crimes, sorrows, rhapsodies, or insanities for poor Minnie Marsh; never late for luncheon; never caught in a storm without a mackintosh; never utterly unconscious of the cheapness of eggs. So she reaches home – scrapes her boots.

Have I read you right? But the human face – the human face at the top of the fullest sheet of print holds more, withholds more. Now, eyes open, she looks out; and in the human eye – how d'you define it? – there's a break – a division – so that when you've grasped the stem the butterfly's off – the moth that hangs in the evening over the yellow flower – move, raise your hand, off, high, away. I won't raise my hand. Hang still, then, quiver, life, soul, spirit, whatever you are of Minnie Marsh – I, too, on my flower – the hawk over the down – alone, or what were the worth of life? To rise; hang still in the evening, in the midday; hang still over the down. The flicker of a hand – off, up! then poised again. Alone, unseen; seeing all so still down there, all so lovely. None seeing, none caring. The eyes of others our prisons; their

ist Marschmusik. Und was angeln die da? Fangen sie etwas? Wie die Kinder einen anstarren! Dann also auf Seitenwegen nach Hause. «Auf Seitenwegen nach Hause!» Diese Worte sind bedeutsam, könnten von dem bärtigen alten Mann stammen – nein, nein, er hat gar nichts gesagt. Aber alles ist bedeutsam: Zeitungsplakate, die in Eingängen lehnen, Namen über Schaufenstern, rote Früchte in Körben, Frauenköpfe beim Friseur – alle sagen: «Minnie Marsh!» Aber da war eben ein Ruck. «Eier werden billiger!» Das passiert mir jedesmal! Gerade wollte ich sie an den Wasserfall lenken, geradewegs auf den Wahnsinn zu, da macht sie kehrt wie eine Herde von Traumschafen und rinnt mir durch die Finger. Eier werden billiger. An die Gestade der Welt gefesselt, hat Minnie Marsh nichts mit Verbrechen, Leid, Überschwang oder Wahnsinn zu tun. Nie zu spät beim Mittagessen, nie ohne Regenmantel vom Gewitter überrascht, nie außer acht lassend, daß Eier gerade billig sind. So kommt sie zu Hause an, tritt ihre Schuhe ab.

Habe ich dich richtig gedeutet? Aber das Gesicht eines Menschen – das Gesicht eines Menschen über dem Rand einer noch so voll bedruckten Zeitungsseite verrät mehr, verbirgt mehr. Die Augen geöffnet, sieht sie jetzt zum Fenster hinaus; und im Blick des Menschen – wie soll man's beschreiben? – ist eine Brechung, eine Spaltung, wie wenn der Schmetterling schon weg ist, kaum daß man nach dem Stengel gefaßt hat – der Falter, der am Abend über der gelben Blüte schwebt – beweg dich, heb die Hand: weg, auf, davon. Ich werde meine Hand nicht heben. Schwebe ruhig, flattere, du Leben, Seele, Geist oder was immer der Minnie Marsh – wie ich an meiner Blume – der Falke über dem Hügel – allein, denn was wäre das Leben sonst wert? Aufsteigen, ruhig schweben am Abend, am Mittag, ruhig über dem Hügel stehen. Eine Handbewegung: davon, hinauf! Dann wieder in der Schwebe. Allein, ungesehen; drunten alles so still, so lieblich anzusehen. Keiner sieht's, keinen kümmert's. Die

thoughts our cages. Air above, air below. And the moon and immortality... Oh, but I drop to the turf! Are you down too, you in the corner, what's your name – woman – Minnie Marsh; some such name as that? There she is, tight to her blossom; opening her hand-bag, from which she takes a hollow shell – an egg – who was saying that eggs were cheaper? You or I? Oh, it was you who said it on the way home, you remember, when the old gentleman, suddenly opening his umbrella – or sneezing was it? Anyhow, Kruger went, and you came "home a back way", and scraped your boots. Yes. And now you lay across your knees a pocket-handkerchief into which drop little angular fragments of eggshell – fragments of a map – a puzzle. I wish I could piece them together! If you would only sit still. She's moved her knees – the map's in bits again. Down the slopes of the Andes the white blocks of marble go bounding and hurtling, crushing to death a whole troop of Spanish muleteers, with their convoy – Drake's booty, gold and silver. But to return –

To what, to where? She opened the door, and, putting her umbrella in the stand – that goes without saying: so, too, the whiff of beef from the basement; dot, dot, dot. But what I cannot thus eliminate, what I must, head down, eyes shut, with the courage of a battalion and the blindness of a bull, charge and disperse are, indubitably, the figures behind the ferns, commercial travellers.

There I've hidden them all this time in the hope that somehow they'd disappear, or better still emerge, as indeed they must, if the story's to go on gathering richness and rotundity, destiny and tragedy, as stories should, rolling along with it two, if not three, commercial

Augen der andern unser Gefängnis, ihre Gedanken unser Käfig. Über mir, unter mir die Lüfte. Und der Mond und die Unsterblichkeit... Oh, aber nun sinke ich auf die Wiese hinab! Bist auch du unten, du in der Ecke, Frau, wie heißt du gleich – Minnie Marsh oder so ähnlich? Da ist sie, dicht bei ihrer Blüte; öffnet ihre Handtasche und holt eine leere Schale hervor – ein Ei. Wer hat gesagt, daß Eier billiger würden? Du oder ich? Ach, du hast es auf dem Nachhauseweg gesagt, erinnerst du dich, als der alte Herr plötzlich seinen Schirm aufspannte – oder hat er geniest? Jedenfalls verschwand Krüger, und du bist «auf Seitenwegen nach Hause» gegangen und hast deine Schuhe abgetreten. Ja, und nun breitest du auf deinem Schoß ein Taschentuch aus und läßt kleine eckige Eierschalenstückchen hineinfallen – Teile einer Landkarte, eines Puzzles. Ich wünschte, ich könnte sie zusammenfügen! Wenn du nur stillsitzen wolltest. Sie hat ihre Knie bewegt, die Landkarte ist wieder zerbröckelt. Die weißen Marmorblöcke rollen und prasseln die Abhänge der Anden hinunter und erschlagen einen ganzen Trupp spanischer Maultiertreiber samt ihrem Gefolge – Drakes Beute, Gold und Silber. Aber zurück...

Zu was? Wohin? Sie öffnete die Haustür und stellte ihren Schirm in den Ständer... Das ist doch selbstverständlich, ebenso wie der Duft von Rinderbraten aus dem Kellergeschoß: Pünktchen, Pünktchen, Pünktchen. Was ich aber nicht auf diese Weise beseitigen kann, was ich – Kopf gesenkt, Augen zu, mit dem Mut eines ganzen Bataillons und der Blindheit eines Stiers – angreifen und auseinandertreiben muß, das sind zweifellos die Gestalten hinter dem Zimmerfarn, die Handlungsreisenden. Ich hatte sie die ganze Zeit dort versteckt in der Hoffnung, daß sie von selbst verschwinden oder, besser noch, hervorkommen würden, was sie ja müssen, wenn die Geschichte, wie sich das gehört, eine gewisse Dichte und Fülle, Schicksalsträchtigkeit und Tragik annehmen soll, und wenn sie zwei oder gar drei Handelsvertreter sowie

travellers and a whole grove of aspidistra. "The fronds of the aspidistra only partly concealed the commercial traveller –" Rhododendrons would conceal him utterly, and into the bargain give me my fling of red and white, for which I starve and strive; but rhododendrons in East-bourne – in December – on the Marshes' table – no, no, I dare not; it's all a matter of crusts and cruets, frills and ferns. Perhaps there'll be a moment later by the sea. Moreover, I feel, pleasantly pricking through the green fretwork and over the glacis of cut glass, a desire to peer and peep at the man opposite – one's as much as I can manage. James Moggridge is it, whom the Marshes call Jimmy?

[Minnie, you must promise not to twitch till I've got this straight.] James Moggridge travels in – shall we say buttons? – but the time's not come for bringing *them* in – the big and the little on the long cards, some peacock-eyed, others dull gold; cairngorms some, and others coral sprays – but I say the time's not come. He travels, and on Thursday, his Eastbourne day, takes his meals with the Marshes. His red face, his little steady eyes – by no means altogether commonplace – his enormous appetite (that's safe; he won't look at Minnie till the bread's swamped the gravy dry), napkin tucked diamond-wise – but this is primitive, and whatever it may do the reader, don't take me in. Let's dodge to the Moggridge household, set that in motion. Well, the family boots are mended on Sundays by James himself. He reads *Truth*. But his passion? Roses – and his wife a retired hospital nurse – interesting – for God's sake let me have one woman with a name I like! But no; she's of the unborn children of the mind, illicit,

ein ganzes Wäldchen von Schusterpalmen mit sich ziehen soll. «Die Blätter der Schusterpalme konnten den Handlungsreisenden nicht völlig verbergen...» Rhododendron würde ihn vollständig verbergen, und obendrein könnte ich dann in Rot und Weiß schwelgen, was ich mir schon die ganze Zeit wünsche, aber Rhododendron in Eastbourne – im Dezember – auf dem Tisch der Marshs? Nein, das wage ich nicht. Da gehören Senfglas und Salzstreuer, Fransen und Farne hin. Vielleicht ergibt sich später mal eine Szene am Meer. Außerdem verspüre ich den angenehmen Kitzel des Verlangens, durch das grüne Filigran und über das Glacis geschliffener Gläser einen heimlichen Blick auf den Mann gegenüber zu werfen – einer genügt mir vollauf. Ist das nicht James Moggridge, den die Marshs Jimmy nennen? [Minnie, versprich, daß du nicht zuckst, bis ich fertig bin.] James Moggridge ist Vertreter für, sagen wir: Knöpfe – aber es dauert noch, bis wir die ins Spiel bringen – große und kleine, auf Kartonstreifen, manche pfauenäugig, andere mattgolden; manche aus Bergkristall, andere aus Korallenästchen – aber wir sind, wie gesagt, noch nicht so weit. Er reist umher, und donnerstags, an seinem Eastbourne-Tag, ißt er bei den Marshs. Sein rotes Gesicht, seine kleinen, ruhigen Augen – durchaus nicht gewöhnlich – sein gewaltiger Appetit (da kann man nichts verkehrt machen: er sieht Minnie erst an, wenn er die Soße mit dem Brot ganz aufgestippt hat), Serviette rautenförmig eingesteckt... aber das ist einfallslos, und was immer der Leser davon hält, mir gefällt's nicht. Machen wir mal einen Sprung in den Haushalt der Moggridges und setzen den in Gang. Also, die Schuhe der Familie werden sonntags von James eigenhändig geflickt. Er liest die «Truth». Sein Steckenpferd? Rosen. Seine Frau war früher Krankenschwester – sehr interessant. Gebt mir um Gottes willen wenigstens eine Frau mit einem Namen, der mir gefällt! Aber nein, sie gehört zu den ungeborenen Kindern der Fantasie, unstatthaft und doch geliebt, wie meine Rho-

none the less loved, like my rhododendrons. How many die in every novel that's written – the best, the dearest, while Moggridge lives. It's life's fault. Here's Minnie eating her egg at the moment opposite and at t'other end of the line – are we past Lewes? – there must be Jimmy – or what's her twitch for?

There must be Moggridge – life's fault. Life imposes her laws; life blocks the way; life's behind the fern; life's the tyrant; oh, but not the bully! No, for I assure you I come willingly; I come wooed by Heaven knows what compulsion across ferns and cruets, table splashed and bottles smeared. I come irresistibly to lodge myself somewhere on the firm flesh, in the robust spine, wherever I can penetrate or find foothold on the person, in the soul, of Moggridge the man. The enormous stability of the fabric; the spine tough as whalebone, straight as oaktree; the ribs radiating branches; the flesh taut tarpaulin; the red hollows; the suck and regurgitation of the heart; while from above meat falls in brown cubes and beer gushes to be churned to blood again – and so we reach the eyes.

Behind the aspidistra they see something: black, white, dismal; now the plate again; behind the aspidistra they see an elderly woman; "Marsh's sister. Hilda's more my sort"; the tablecloth now. "Marsh would know what's wrong with Morrises..." talk that over; cheese has come; the plate again; turn it round – the enormous fingers; now the woman opposite. "Marsh's sister – not a bit like Marsh; wretched, elderly female... You should feed your hens.... God's truth, what's set her twitching? Not what I said? Dear, dear, dear! these elderly women. Dear, dear!"

dodendren. Wie viele müssen in jedem Roman, der geschrieben wird, sterben – die besten, die liebenswertesten –, während Moggridge lebt! Das Leben ist schuld daran. Da sitzt jetzt also Minnie vor mir und ißt ihr Ei, und am Ende dieser Bahnfahrt – liegt Lewes schon hinter uns? – muß es einen Jimmy geben, oder warum sonst dieses Zucken?

Es muß einen Moggridge geben – daran ist das Leben schuld. Das Leben zwingt uns seine Gesetze auf, versperrt den Weg. Das Leben steckt hinter den Zimmerfarnen, es ist ein Tyrann – ja, aber kein Quälgeist! Nein, denn ich komme ganz bestimmt freiwillig. Ich komme, getrieben von weiß der Himmel welchem Zwang über Farne und Senfgläser hinweg, Tisch verkleckst und Flaschen verschmiert. Ich komme unerbittlich und klammere mich irgendwo an das feste Fleisch, an das kräftige Rückgrat, wo immer ich eindringen kann oder einen Halt an der Gestalt, in der Seele des Menschen Moggridge finde. Die außerordentliche Haltbarkeit des Gewebes; die Wirbelsäule fest wie Fischbein, aufrecht wie eine Eiche; die Rippen wie verzweigtes Geäst; das Fleisch straffes Segeltuch; die roten Höhlen; das Saugen und Pumpen des Herzens; während von oben braune Fleischstücke hereinfallen und Bier einströmt, um wieder zu Blut verarbeitet zu werden – und so gelangen wir zu den Augen. Sie entdecken etwas hinter der Schusterpalme: schwarz, weiß, kläglich; dann wieder der Teller; hinter der Schusterpalme sehen sie eine ältere Frau: «Marshs Schwester. Hilda liegt mir mehr.» Jetzt die Tischdecke. «Marsh wüßte, warum Morris-Autos nichts taugen...» Müssen darüber reden; Käse steht jetzt da; wieder der Teller; dreh ihn um – riesige Finger; jetzt die Frau gegenüber. «Marshs Schwester – ganz anders als Marsh; unglückliche ältliche Frau. – Du solltest deine Hühner füttern. – Lieber Himmel, warum zuckt sie denn so? Doch nicht wegen dem, was ich gesagt habe? Nein, nein, nein, diese älteren Frauen! Also nein...!»

[Yes, Minnie; I know you've twitched, but one moment – James Moggridge.]

"Dear, dear, dear!" How beautiful the sound is! like the knock of a mallet on seasoned timber, like the throb of the heart of an ancient whaler when the seas press thick and the green is cloud-ed. "Dear, dear!" what a passing bell for the souls of the fretful to soothe them and solace them, lap them in linen, saying, "So long. Good luck to you!" and then, "What's your pleasure?" for though Moggridge would pluck his rose for her, that's done, that's over. Now what's the next thing? "Madam, you'll miss your train," for they don't linger.

That's the man's way; that's the sound that reverberates; that's St Paul's and the motor-om-nibuses. But we're brushing the crumbs off. Oh, Moggridge, you won't stay? You must be off? Are you driving through Eastbourne this after-noon in one of those little carriages? Are you the man who's walled up in green cardboard boxes, and sometimes has the blinds down, and some-times sits so solemn staring like a sphinx, and always there's a look of the sepulchral, something of the undertaker, the coffin, and the dusk about horse and driver? Do tell me – but the doors slammed. We shall never meet again. Moggridge, farewell!

Yes, yes, I'm coming. Right up to the top of the house. One moment I'll linger. How the mud goes round in the mind – what a swirl these monsters leave, the waters rocking, the weeds waving and green here, black there, striking to the sand, till by degrees the atoms reassemble, the deposit sifts itself, and again through the eyes one sees clear and still, and there comes to the lips some prayer for the departed, some obsequy

[Ja, Minnie, ich weiß, du hast gezuckt, aber warte noch – James Moggridge.]

«Nein, nein, nein!» Wie schön das klingt! Wie der Schlag eines Hammers auf trockenes Holz, wie das Herzklopfen eines alten Walfängers, wenn die See schwer geht und das grüne Wasser von den Wolken grau ist. «Also nein!» Was für eine Abschiedsglocke für die Seelen der Verdrießlichen, um sie zu beruhigen und zu trösten, sie in Leinen zu hüllen und zu sagen: «Macht's gut. Viel Glück!» und dann: «Womit kann ich dienen?» denn Moggridge hat zwar früher immer eine Rose für sie gepflückt, aber das war mal, das ist vorbei. Und was kommt als nächstes? «Madam, Sie werden den Zug verpassen», denn sie sind ungeduldig.

Das ist die Art dieses Mannes, das ist der Ton, der nachhallt, das ist St. Paul's und Omnibusse. Aber jetzt wischen wir die Krümel weg. Ach, Moggridge, bleiben Sie doch noch! Müssen Sie schon gehen? Fahren Sie heute nachmittag mit einem dieser kleinen Wagen durch East bourne?

Sind Sie der Mann, der grüne Pappschachteln um sich auftürmt und der manchmal die Vorhänge herunterläßt und manchmal so ernst dreinschaut wie eine Sphinx, und alles erinnert irgendwie an Gräber, an den Leichenbestatter, an Särge und an Dämmerlicht um Pferd und Kutscher? Sagen Sie... Aber die Türen schlugen zu. Wir werden uns nie wiedersehen. Moggridge, leben Sie wohl!

Ja, ja, ich komme schon. Ins obere Stockwerk. Einen Augenblick warte ich noch. Wie der Schlamm im Kopf herumwirbelt – wie diese Ungeheuer das Wasser aufrühren und Wellen machen, die Wasserpflanzen schwanken und hier grün, dort schwarz auf den sandigen Grund schlagen, bis sich die Teilchen nach und nach wieder ordnen, das Sediment sich ablagert und man wieder klar und ruhig durch die Augen sehen kann, und es kommt einem ein Gebet für die Verstorbenen auf die Lippen, ein Ge-

for the souls of those one nods to, the people one never meets again.

James Moggridge is dead now, gone for ever. Well, Minnie – "I can face it no longer." If she said that – (Let me look at her. She is brushing the eggshell into deep declivities). She said it certainly, leaning against the wall of the bedroom, and plucking at the little balls which edge the claret-coloured curtain. But when the self speaks to the self, who is speaking? – the entombed soul, the spirit driven in, in, in to the central catacomb; the self that took the veil and left the world – a coward perhaps, yet somehow beautiful, as it flits with its lantern restlessly up and down the dark corridors. "I can bear it no longer," her spirit says. "That man at lunch – Hilda – the children."

Oh, heavens, her sob! It's the spirit wailing its destiny, the spirit driven hither, thither, lodging on the diminishing carpets – meagre footholds – shrunken shreds of all the vanishing universe – love, life, faith, husband, children, I know not what splendours and pageantries glimpsed in girlhood. "Not for me – not for me."

But then – the muffins, the bald elderly dog? Bead mats I should fancy and the consolation of underlinen. If Minnie Marsh were run over and taken to hospital, nurses and doctors themselves would exclaim...

There's the vista and the vision – there's the distance – the blue blot at the end of the avenue, while, after all, the tea is rich, the muffin hot, and the dog – "Benny, to your basket, sir, and see what mother's brought you!" So, taking the glove with the worn thumb, defying once more the encroaching demon of what's

denken an die Seelen derer, denen man zunickt, der Menschen, die man nie wiedersehen wird.

James Moggridge ist jetzt tot, für immer dahingegangen. Nun, Minnie... «Ich kann es nicht länger ertragen.» Wenn sie das gesagt hat... (Ich will mal nach ihr sehen. Sie wischt gerade die Eierschalenkrümel in tiefe Abgründe.) Sie hat das bestimmt gesagt, während sie an der Schlafzimmerwand lehnte und dabei an den Kügelchen zupfte, die den dunkelroten Vorhang säumen. Aber wenn das Ich mit sich selbst redet, wer ist das, der da spricht? Die zu Grabe getragene Seele, der Geist, der tief, tief, tief in die innerste Katakombe getrieben worden ist. Das Ich, das den Schleier genommen und die Welt verlassen hat. Ein Feigling vielleicht, aber doch irgendwie schön, wie es mit seiner Laterne rastlos auf den dunklen Gängen hin und her huscht. «Ich kann es nicht länger ertragen», sagt ihr Geist. «Dieser Mann beim Mittagessen – Hilda – die Kinder.» Ach Gott, ihr Schluchzen! Das ist der Geist, der sein Geschick beklagt, der Geist, der, hierhin und dorthin getrieben, auf den schrumpfenden Teppichen haust – schwacher Halt – Bruchstücke dieses ganzen untergehenden Universums – Liebe, Leben, Glaube, Ehemann, Kinder, wer weiß welche in der Jungmädchenzeit erspähte Pracht und Herrlichkeit. «Nicht für mich... nicht für mich.»

Aber dann... das Teegebäck, der alte Hund mit dem schütteren Fell? Perlendeckchen, nehme ich an, und die Tröstungen leinener Unterwäsche. Würde Minnie Marsh angefahren und käme ins Krankenhaus, dann würden die Schwestern und sogar die Ärzte ausrufen... Das ist die Aussicht und die Vision – das ist die Ferne – der blaue Punkt am Ende der Allee, während immerhin der Tee aromatisch ist, das Gebäck noch warm und der Hund... «Benny, ab in deinen Korb! Sieh mal, was Frauchen dir mitgebracht hat.» Und so nimmst du den Handschuh mit dem durchgescheuerten Daumen, bietest wieder einmal dem nahenden Schreckgespenst des sogenannten

called going in holes, you renew the fortifications, threading the grey wool, running it in and out.

Running it in and out, across and over, spinning a web through which God himself – hush, don't think of God! How firm the stitches are! You must be proud of your darning. Let nothing disturb her. Let the light fall gently, and the clouds show an inner vest of the first green leaf. Let the sparrow perch on the twig and shake the raindrop hanging to the twig's elbow... Why look up? Was it a sound, a thought? Oh, heavens! Back again to the thing you did, the plate glass with the violet loops? But Hilda will come. Ignominies, humiliations, oh! Close the breach.

Having mended her glove, Minnie Marsh lays it in the drawer. She shuts the drawer with decision. I catch sight of her face in the glass. Lips are pursed. Chin held high. Next she laces her shoes. Then she touches her throat. What's your brooch? Mistletoe or merrythought? And what is happening? Unless I'm much mistaken, the pulse's quickened, the moment's coming, the threads are racing, Niagara's ahead. Here's the crisis! Heaven be with you! Down she goes. Courage, courage! Face it, be it! For God's sake don't wait on the mat now! There's the door! I'm on your side. Speak! Confront her, confound her soul!

"Oh, I beg your pardon! Yes, this is Eastbourne. I'll reach it down for you. Let me try the handle." [But, Minnie, though we keep up pretences, I've read you right – I'm with you now.]

"That's all your luggage?"

"Much obliged, I'm sure."

(But why do you look about you? Hilda won't

In-Lumpen-Gehens die Stirn, erneuerst die Befestigungen, fädelst das graue Wollgarn ein und fährst damit hin und her.

Fährst damit hin und her, hinüber und herüber, webst ein Netz, durch das selbst Gott... Pst! Denk nicht an Gott! Wie fest die Stiche sind! Du bist sicher stolz, daß du so schön stopfst. Nichts soll sie stören. Das Licht soll mild hereinfallen, die Wolken sollen ein Unterkleid von zarten Blättern sehen lassen. Der Sperling soll auf dem Zweig sitzen und den Regentropfen, der am Ellenbogen des Zweigs hängt, herabschütteln... Wozu aufsehen? War da ein Geräusch, ein Gedanke? Lieber Himmel! Bist du wieder bei dem, was du getan hast, bei der Schaufensterscheibe und den violetten Schleifen? Aber Hilda wird kommen. Oh, Schande, Demütigung! Schließ die Lücke.

Als Minnie Marsh ihren Handschuh gestopft hat, legt sie ihn in die Schublade. Sie schließt die Schublade mit Entschiedenheit. Ich erblicke ihr Gesicht im Spiegel. Die Lippen sind zusammengezogen, das Kinn ist hochgereckt. Als nächstes bindet sie ihre Schuhe. Dann befühlt sie ihren Hals. Was trägst du als Brosche, Mistel oder Talisman? Und was geschieht nun? Wenn ich mich nicht sehr irre, schlägt das Herz jetzt schneller, der Augenblick naht, die Fäden fliegen hin und her, der Niagarafall ist nahe. Die Krise ist da! Der Himmel steh dir bei! Jetzt geht's in die Tiefe. Mut, nur Mut! Steh's durch! Bleib jetzt um Gottes willen nicht auf der Fußmatte stehen! Da ist die Tür! Ich bin ja bei dir. Rede! Tritt ihr entgegen, stürze sie in Verwirrung!

«Oh, ich bitte um Entschuldigung! Ja, das ist East-bourne. Ich werde ihn Ihnen hinunterreichen. Lassen Sie mich den Türgriff versuchen.» [Aber ich habe dich richtig gelesen, Minnie, auch wenn wir uns verstellen. Ich verstehe dich jetzt.]

«Ist das Ihr ganzes Gepäck?»

«Besten Dank auch.»

(Warum siehst du dich so um? Hilda wird nicht an den

come to the station, nor John; and Moggridge is driving at the far side of Eastbourne).

"I'll wait by my bag, ma'am, that's safest. He said he'd meet me... Oh, there he is! That's my son."

So they walk off together.

Well, but I'm confounded... Surely, Minnie, you know better! A strange young man... Stop! I'll tell him – Minnie! – Miss Marsh! – I don't know though. There's something queer in her cloak as it blows. Oh, but it's untrue, it's indecent... Look how he bends as they reach the gateway. She finds her ticket. What's the joke? Off they go, down the road, side by side... Well, my world's done for! What do I stand on? What do I know? That's not Minnie. There never was Moggridge. Who am I? Life's bare as bone.

And yet the last look of them – he stepping from the kerb and she following him round the edge of the big building brims me with wonder – floods me anew. Mysterious figures! Mother and son. Who are you? Why do you walk down the street? Where tonight will you sleep, and then, tomorrow? Oh, how it whirls and surges – floats me afresh! I start after them. People drive this way and that. The white light splutters and pours. Plate-glass windows. Carnations; chrysanthemums. Ivy in dark gardens. Milk carts at the door. Wherever I go, mysterious figures, I see you, turning the corner, mothers and sons; you, you, you. I hasten, I follow. This, I fancy, must be the sea. Grey is the landscape; dim as ashes; the water murmurs and moves. If I fall on my knees, if I go through the ritual, the ancient antics, it's you, unknown figures, you I adore; if I open my arms, it's you I embrace, you I draw to me – adorable world!

Bahnhof kommen und John auch nicht. Und Moggridge ist am anderen Ende von Eastbourne unterwegs.)

«Ich werd bei meiner Tasche bleiben, Ma'am, das ist sicherer. Er sagte, er wird mich abholen... Ah, da ist er ja! Das ist mein Sohn.»

Gemeinsam gehen sie davon.

Jetzt bin ich aber sprachlos! Du solltest es besser wissen, Minnie. Ein fremder junger Mann... Halt! Ich will ihm sagen... Minnie! – Miss Marsh! – Also, ich weiß nicht... Irgendwie sieht ihr wehender Mantel seltsam aus. Nein, es kann nicht sein, es wäre unanständig... Da, an der Sperre beugt er sich zu ihr. Jetzt hat sie ihre Fahrkarte. Was ist daran komisch? Nebeneinander gehen sie die Straße hinunter... Nun ist meine Welt dahin. Worauf ist Verlaß? Was weiß ich denn? Es war gar nicht Minnie. Moggridge hat es nie gegeben. Und wer bin ich? Das Leben ist wie ein abgenagter Knochen.

Und doch, was ich zuletzt von den beiden sah – wie er vom Bordstein trat und sie ihm um die Ecke des großen Hauses folgte – das erfüllt mich bis obenhin mit Neugierde, durchflutet mich aufs neue. Rätselhafte Gestalten! Mutter und Sohn. Wer seid ihr? Warum geht ihr die Straße hinunter? Wo werdet ihr heute nacht schlafen, und morgen? Ah, wie es wirbelt und aufsteigt – mich aufs neue durchströmt! Ich eile hinter ihnen her. Menschen treiben hierhin, dorthin. Das weiße Licht sprudelt und fließt. Schaufensterscheiben. Nelken, Chrysanthemen. Efeu in dunklen Gärten. Milchwagen vor der Tür. Wohin ich auch gehe, ihr rätselhaften Gestalten, sehe ich euch, wie ihr um die Ecke biegt, Mütter und Söhne – euch, euch, euch. Ich eile, ich folge. Das muß das Meer sein. Grau ist die Landschaft, aschfahl. Das Wasser murmelt und wogt. Wenn ich auf die Knie falle, wenn ich die Riten vollziehe, die uralten Gesten mache, dann seid ihr es, ihr unbekannten Gestalten, die ich anbete. Wenn ich meine Arme ausbreite, dann umarme ich dich, drücke dich ans Herz – geliebte Welt!

Mrs Dalloway said she would buy the gloves herself.

Big Ben was striking as she stepped out into the street. It was eleven o'clock and the unused hour was fresh as if issued to children on a beach. But there was something solemn in the deliberate swing of the repeated strokes; something stirring in the murmur of wheels and the shuffle of footsteps.

No doubt they were not all bound on errands of happiness. There is much more to be said about us than that we walk the streets of Westminster. Big Ben too is nothing but steel rods consumed by rust were it not for the care of H.M.'s Office of Works. Only for Mrs Dalloway the moment was complete; for Mrs Dalloway June was fresh. A happy childhood – and it was not to his daughters only that Justin Parry had seemed a fine fellow (weak of course on the Bench); flowers at evening, smoke rising; the caw of rooks falling from ever so high, down down through the October air – there is nothing to take the place of childhood. A leaf of mint brings it back: or a cup with a blue ring.

Poor little wretches, she sighed, and pressed forward. Oh, right under the horses' noses, you little demon! and there she was left on the kerb stretching her hand out, while Jimmy Dawes grinned on the further side.

A charming woman, poised, eager, strangely white-haired for her pink cheeks, so Scrope Purvis, C.B., saw her as he hurried to his office. She stiffened a little, waiting for Durtnall's van to pass. Big Ben struck the tenth; struck the eleventh stroke. The leaden circles dissolved in the air.

Mrs Dalloway in der Bond Street

Mrs Dalloway sagte, sie werde selbst gehen und sich die Handschuhe kaufen.

Big Ben schlug gerade, als sie auf die Straße trat. Es war elf Uhr, und die unverbrauchte Stunde war so frisch, als wäre sie für Kinder am Strand gemacht.

Aber es lag etwas Feierliches im gemessenen Schwingen der Glockenschläge, etwas Erhebendes in dem Rollen von Rädern und dem Geräusch von Schritten.

Gewiß waren sie nicht alle in erfreulichen Angelegenheiten unterwegs. Es gibt viel mehr über uns zu sagen, als daß wir durch die Straßen von Westminster laufen. Auch Big Ben besteht nur aus Stahlträgern, die vom Rost zerfressen werden, wenn sich das Bauamt Seiner Majestät nicht darum kümmert. Nur für Mrs Dalloway war der Augenblick vollkommen; für Mrs Dalloway war der Juni frisch. Eine glückliche Kindheit – nicht nur seine Töchter hatten Justin Parry für einen feinen Kerl gehalten (zu nachgiebig allerdings auf der Richterbank); Blumen am Abend, aufsteigender Rauch, das Krächzen von Krähen, die aus großer Höhe herunterstießen, tiefer und tiefer durch die Oktoberluft – nichts kann die Kindheit ersetzen. Ein Minzenblatt bringt sie zurück oder eine Tasse mit blauem Rand.

Arme kleine Kerle, seufzte sie und wollte loseilen. Oh, so dicht vor den Pferden her, du kleiner Satansbraten! Und mit ausgestreckter Hand blieb sie am Bordstein zurück, während Jimmy Dawes von der andern Seite herübergrinste.

Eine reizende Frau, gelassen, tüchtig, überraschend weiße Haare bei diesen rosigen Wangen, so sah Scrope Purvis, C. B., sie, als er ins Büro eilte. Sie wurde ein wenig steif, während sie wartete, um den Lieferwagen von Durtnall's vorbeizulassen. Big Ben schlug zum zehnten, schlug zum elften Mal. Die bleiernen Ringe lösten sich

Pride held her erect, inheriting, handing on, acquainted with discipline and with suffering. How people suffered, how they suffered, she thought, thinking of Mrs Foxcroft at the Embassy last night decked with jewels, eating her heart out, because that nice boy was dead, and now the old Manor House (Durtnall's van passed) must go to a cousin.

"Good morning to you!" said Hugh Whitbread raising his hat rather extravagantly by the china shop, for they had known each other as children. "Where are you off to?"

"I love walking in London," said Mrs Dalloway. "Really, it's better than walking in the country!"

"We've just come up," said Hugh Whitbread. "Unfortunately to see doctors."

"Milly?" said Mrs Dalloway, instantly compassionate.

"Out of sorts," said Hugh Whitbread. "That sort of thing. Dick all right?"

"First rate!" said Clarissa.

Of course, she thought, walking on, Milly is about my age – fifty – fifty-two. So it is probably *that*, Hugh's manner had said so, said it perfectly – dear old Hugh, thought Mrs Dalloway, remembering with amusement, with gratitude, with emotion, how shy, like a brother – one would rather die than speak to one's brother – Hugh had always been, when he was at Oxford, and came over, and perhaps one of them (drat the thing!) couldn't ride.

How then could women sit in Parliament? How could they do things with men? For there is this extraordinarily deep instinct, something inside one; you can't get over it; it's no use trying; and men like Hugh respect

in der Luft auf. Stolz hielt sie aufrecht, Erben und Weiter-geben, vertraut mit Selbstbeherrschung und Leid. Wie sehr die Menschen litten, wie sie litten, dachte sie und dachte dabei an die mit Juwelen behängte Mrs Foxcroft letzten Abend in der Botschaft, die sich vor Kummer ver-zehrte, weil dieser liebe Junge tot war und das alte Her-renhaus (Durtnall's Lieferwagen fuhr vorbei) nun einem Vetter zufallen sollte.

«Einen schönen guten Morgen!» rief Hugh Whitbread vor dem Porzellangeschäft und schwenkte recht übertrie-ben seinen Hut, denn sie kannten sich seit ihrer Kindheit. «Wohin gehst du?»

«Ich gehe in London so gern spazieren», sagte Mrs Dalloway. «Es ist wirklich schöner, als auf dem Land spa-zierenzugehen.»

«Wir sind gerade erst angekommen», sagte Hugh Whitbread. «Leider wegen Arztbesuchen.»

«Milly?» fragte Mrs Dalloway sogleich voll Mitge-fühl.

«Unpäßlich», sagte Hugh Whitbread. «Gewisse Be-schwerden. Geht's Dick gut?»

«Ausgezeichnet!» antwortete Clarissa.

Natürlich, dachte sie im Weitergehen, Milly ist unge-fähr so alt wie ich – fünfzig, zweiundfünfzig. Es wird also *das* sein, Hugh hatte das durch sein Verhalten zu verste-hen gegeben, klar zu verstehen gegeben – der gute alte Hugh, dachte Mrs Dalloway und erinnerte sich mit Hei-terkeit, mit Dankbarkeit, mit Rührung, wie zurückhal-tend, brüderlich – aber man wäre lieber gestorben als mit dem eigenen Bruder darüber zu reden – Hugh immer ge-wesen war, wenn er aus Oxford zu Besuch herüber kam und eine von ihnen (verflixt nochmal!) nicht mit aus-reiten. Wie konnten dann Frauen im Parlament sitzen? Wie konnten sie irgendetwas gemeinsam mit Männern tun? Da ist ja dieser erstaunlich starke Instinkt, tief drinnen, gegen den man nicht ankommt, man braucht es gar nicht zu versuchen; Männer wie Hugh respektieren

it without our saying it, which is what one loves, thought Clarissa, in dear old Hugh.

She had passed through the Admiralty Arch and saw at the end of the empty road with its thin trees Victoria's white mound, Victoria's billowing motherliness, amplitude and homeliness, always ridiculous, yet how sublime, thought Mrs Dalloway, remembering Kensington Gardens and the old lady in horn spectacles and being told by Nanny to stop dead still and bow to the Queen. The flag flew above the Palace. The King and Queen were back then. Dick had met her at lunch the other day – a thoroughly nice woman. It matters so much to the poor, thought Clarissa, and to the soldiers. A man in bronze stood heroically on a pedestal with a gun on her left hand side – the South African war. It matters, thought Mrs Dalloway walking towards Buckingham Palace. There it stood four-square, in the broad sunshine, uncompromising, plain. But it was character, she thought; something inborn in the race; what Indians respected. The Queen went to hospitals, opened bazaars – the Queen of England, thought Clarissa, looking at the Palace. Already at this hour a motor car passed out at the gates; soldiers saluted; the gates were shut. And Clarissa, crossing the road, entered the Park, holding herself upright.

June had drawn out every leaf on the trees. The mothers of Westminster with mottled breasts gave suck to their young. Quite respectable girls lay stretched on the grass. An elderly man, stooping very stiffly, picked up a crumpled paper, spread it out flat and flung it away. How horrible! Last night at the Embassy Sir Dighton had said, "If I want a fellow to hold my horse, I have only to put up my hand." But the religious question

das, ohne daß wir es aussprechen müssen; das, dachte Clarissa, macht den guten alten Hugh so liebenswert.

Sie hatte den Torbogen an der Admiralität durchschritten und erblickte nun am anderen Ende der leeren Straße mit ihren schlanken Bäumen Victorias weißes Monument, Victorias bauschige Mütterlichkeit, Fülle und Bodenständigkeit, stets etwas komisch und doch so erhaben, dachte Mrs Dalloway, und sie mußte an Kensington Gardens denken und an die alte Dame mit der Hornbrille, und wie das Kindermädchen sie geheißen hatte, ganz stillzustehen und sich vor der Königin zu verneigen. Über dem Palast wehte die Fahne. Der König und die Königin waren also zurück. Dick hatte sie neulich beim Lunch getroffen – eine außerordentlich nette Frau. Für die Armen ist das ja so wichtig, dachte Clarissa, und für die Soldaten. Ein Mann aus Bronze mit einem Gewehr stand heldenhaft auf einem Sockel links von ihr – der Burenkrieg. Es ist wichtig, dachte Mrs Dalloway, während sie sich dem Buckingham-Palast näherte. Da stand er, unerschütterlich im hellen Sonnenlicht, geradlinig, schlicht. Aber es war Charakterfestigkeit, dachte sie, etwas uns Angeborenes, was die Inder respektierten. Die Königin besuchte Krankenhäuser, eröffnete Wohltätigkeitsbasare – die Königin von England, dachte Clarissa und sah zum Palast hinüber. Trotz der frühen Stunde kam schon ein Auto aus dem Tor gefahren, Soldaten salutierten, das Tor wurde wieder geschlossen. Clarissa überquerte die Straße und betrat erhobenen Hauptes den Park.

Der Juni hatte den Bäumen ihr volles Laub gegeben. Die Mütter von Westminster säugten an gefleckten Brüsten ihre Kleinen. Durchaus anständige junge Mädchen lagen ausgestreckt im Gras. Ein älterer Mann bückte sich sehr steif, um ein zerknülltes Stück Papier aufzuheben, strich es glatt und warf es wieder weg. Wie furchtbar! Letzten Abend in der Botschaft hatte Sir Dighton gesagt: «Wenn ich einen Burschen brauche, um mein Pferd zu halten, muß ich nur die Hand heben.» Aber die Reli-

is far more serious than the economic, Sir Dighton had said, which she thought extraordinarily interesting, from a man like Sir Dighton. "Oh, the country will never know what it has lost," he had said, talking of his own accord, about dear Jack Stewart.

She mounted the little hill lightly. The air stirred with energy. Messages were passing from the Fleet to the Admiralty. Piccadilly and Arlington Street and the Mall seemed to chafe the very air in the Park and lift its leaves hotly, brilliantly, upon waves of that divine vitality which Clarissa loved. To ride; to dance; she had adored all that. Or going long walks in the country, talking, about books, what to do with one's life, for young people were amazingly priggish – oh, the things one had said! But one had conviction.

Middle age is the devil. People like Jack'll never know that, she thought; for he never once thought of death, never, they said, knew he was dying. And now can never mourn – how did it go? – a head grown grey... From the contagion of the world's slow stain... have drunk their cup a round or two before... From the contagion of the world's slow stain! She held herself upright.

But how Jack would have shouted! Quoting Shelley, in Piccadilly! "You want a pin," he would have said. He hated frumps. "My God Clarissa! My God Clarissa!" – she could hear him now at the Devonshire House party, about poor Sylvia Hunt in her amber necklace and that dowdy old silk.

Clarissa held herself upright for she had spoken aloud and now she was in Piccadilly, passing the house with the slender green columns, and the balconies; passing club windows full of news-

gionsfrage ist weit ernster als die wirtschaftliche, hatte Sir Dighton gesagt, was ihr außerordentlich bemerkenswert erschienen war, aus dem Mund von jemandem wie Sir Dighton. «Ach, das Land wird nie verstehen, was es verloren hat», hatte er bemerkt, als er von sich aus auf den guten Jack Stewart zu sprechen kam.

Beschwingt ging sie die leichte Steigung hinauf. Die Luft bebte vor Energie. Botschaften wurden von der Flotte zur Admiralität übermittelt. Es war, als würde die Luft im Park von der Reibung zwischen Piccadilly und Arlington Street und der Mall erwärmt, so daß die Blätter emporgehoben wurden, heiß, leuchtend, auf Wogen jener himmlischen Lebenskraft, die Clarissa so liebte. Reiten, Tanzen, sie hatte das alles geliebt. Oder lange Spaziergänge auf dem Land, Gespräche über Bücher und was man mit seinem Leben anfangen wollte, denn junge Leute waren ja unglaublich eingebildet – ach, was hatte man nicht alles gesagt! Aber man hatte seine Überzeugungen. Schwierig sind die mittleren Jahre. Jemand wie Jack wird das nie erfahren, dachte sie; der dachte nie an den Tod, wußte angeblich gar nicht, daß er sterben würde. Und kann nie mehr betrauern – wie hieß es doch gleich? – ein ergrautes Haupt... Vom Gift des wuchernden Geschwürs der Welt... den Becher ein, zwei Runden früher schon geleert. Vom Gift des wuchernden Geschwürs der Welt...! Sie hielt sich gerade.

Aber wie hätte Jack gelacht! Shelley zu zitieren, auf Piccadilly! «Dir fehlt wohl eine Sicherheitsnadel», hätte er gesagt. Er konnte nachlässig gekleidete Frauen nicht ausstehen. «Mein Gott, Clarissa! Mein Gott, Clarissa!» – Sie hörte wieder, was er auf der Gesellschaft in Devonshire House über die arme Sylvia Hunt mit der Bernsteinkette und dem altmodischen Seidenkleid gesagt hatte. Clarissa hielt sich aufrecht, denn sie hatte laut mit sich geredet, und jetzt war sie auf Piccadilly und ging an dem Haus mit den schlanken grünen Säulen und den Balkons vorbei, an Klubhausfenstern voller Zeitungen, am

papers; passing old Lady Burdett-Coutts' house where the glazed white parrot used to hang; and Devonshire House, without its gilt leopards; and Claridge's, where she must remember Dick wanted her to leave a card on Mrs Jepson or she would be gone. Rich Americans can be very charming. There was St James's Palace; like a child's game with bricks; and now – she had passed Bond Street – she was by Hatchard's book shop. The stream was endless – endless – endless. Lords, Ascot, Hurlingham – what was it? What a duck, she thought, looking at the frontispiece of some book of memoirs spread wide in the bow window, Sir Joshua perhaps or Romney; arch, bright, demure; the sort of girl – like her own Elizabeth – the only *real* sort of girl. And there was that absurd book, Soapey Sponge, which Jim used to quote by the yard; and Shakespeare's Sonnets. She knew them by heart. Phil and she had argued all day about the Dark Lady, and Dick had said straight out at dinner that night that he had never heard of her. Really, she had married him for that! He had never read Shakespeare! There must be some little cheap book she could buy for Milly – *Cranford* of course! Was there ever anything so enchanting as the cow in petticoats? If only people had that sort of humour, that sort of self-respect now, thought Clarissa, for she remembered the broad pages; the sentences ending; the characters – how one talked about them as if they were real. For all the great things one must go to the past, she thought. From the contagion of the world's slow stain... Fear no more the heat o' the sun... And now can never mourn, can never mourn, she repeated, her eyes straying over the window; for it ran in her head; the test of great poetry; the moderns had never written

Haus der alten Lady Burdett-Coutts, wo früher der weiß lackierte Papagei hing, an Devonshire House, vor dem die vergoldeten Leoparden fehlten, an Claridge's, wo sie nicht vergessen durfte, wie Dick ihr eingeschärft hatte, eine Visitenkarte für Mrs Jepson abzugeben, bevor diese abreiste. Reiche Amerikanerinnen können ganz reizend sein. Dort war der St.-James-Palast, wie aus dem Steinbaukasten eines Kindes; und jetzt – sie war schon an der Bond Street vorbeigegangen – stand sie vor Hatchard's Buchhandlung. Der Verkehrsstrom war endlos – endlos – endlos. Lord's, Ascot, Hurlingham – was war es nur? Was für ein süßes Ding, dachte sie, als sie das Vorsatzblatt eines Memoirenbandes betrachtete, der aufgeschlagen im Schaufenster lag – Sir Joshua vielleicht oder Romney: kokett, klug, ernst, die Art von Mädchen wie ihre Elizabeth – die einzig nette Art von Mädchen. Und da war auch dieses komische Buch, Soapey Sponge, aus dem Jim stundenlang zitieren konnte, und Shakespeares Sonette. Sie konnte sie auswendig. Phil und sie hatten sich einen ganzen Tag über die Dunkle Dame gestritten, und beim Essen am selben Abend hatte Dick rundheraus erklärt, er habe noch nie von ihr gehört. Im Grunde hatte sie ihn deswegen geheiratet! Er hatte noch nie Shakespeare gelesen! Es gab doch sicher ein kleines, nicht zu teures Buch, das sie für Milly kaufen konnte – «Cranford», natürlich! Gab es denn etwas Köstlicheres als die Kuh in Unterröcken? Wenn man doch nur heute noch diesen Humor, dieses Selbstbewußtsein fände, dachte Clarissa, denn ihr fiel das große Format der Seiten wieder ein, die abgerundeten Sätze, die Figuren – und wie man von ihnen sprach, als wären sie lebendig. Alles Große muß man in der Vergangenheit suchen, dachte sie. Vom Gift des wuchernden Geschwürs der Welt... Fürchte nicht mehr Sonnenglut... Und kann nie mehr betrauern... Nie mehr betrauern, wiederholte sie, während ihre Augen über die Auslage schweiften; denn es ging ihr im Kopf herum; der Prüfstein großer Dichtung; keiner der Modernen hatte etwas

anything one wanted to read about death, she thought; and turned.

Omnibuses joined motor cars; motor cars vans; vans taxicabs, taxicabs motor cars – here was an open motor car with a girl, alone. Up till four, her feet tingling, I know, thought Clarissa, for the girl looked washed out, half asleep, in the corner of the car after the dance. And another car came; and another. No! No! No! Clarissa smiled goodnaturedly. The fat lady had taken every sort of trouble, but diamonds! orchids! at this hour of the morning! No! No! No! The excellent policeman would, when the time came, hold up his hand. Another motor car passed. How utterly unattractive! Why should a girl of that age paint black round her eyes? And a young man, with a girl, at this hour, when the country – The admirable policeman raised his hand and Clarissa acknowledging his sway, taking her time, crossed, walked towards Bond Street; saw the narrow crooked street, the yellow banners; the thick notched telegraph wires stretched across the sky.

A hundred years ago her great-great-grandfather, Seymour Parry, who ran away with Conway's daughter, had walked down Bond Street. Down Bond Street the Parrys had walked for a hundred years, and might have met the Dalloways (Leighs on the mother's side) going up. Her father got his clothes from Hill's. There was a roll of cloth in the window, and here just one jar on a black table, incredibly expensive; like the thick pink salmon on the ice block at the fishmonger's. The jewels were exquisite – pink and orange stars, paste, Spanish, she thought, and chains of old gold; starry buckles, little brooches which had been worn on sea-green satin by ladies with high head-dresses. But no good looking! One

über den Tod geschrieben, das man lesen mochte, dachte sie, und wandte sich ab.

Omnibusse gesellten sich zu Autos, Autos zu Lieferwagen, Lieferwagen zu Taxis, Taxis zu Autos – dort in dem offenen Auto saß ein Mädchen, allein. Bis vier aufgewesen, brennende Füße, ich kann's mir denken, dachte Clarissa, denn so, wie sich das Mädchen im Auto zur Seite lehnte, wirkte es erschöpft, schläfrig nach dem Tanz. Und wieder kam ein Auto, und wieder eins. Nein! Nein! Nein! Clarissa lächelte nachsichtig. Die dicke Dame hatte sich ja größte Mühe gegeben, aber Diamanten? Orchideen? So früh am Morgen? Nein! Nein! Nein! Der vortreffliche Schutzmann würde schon die Hand heben, wenn es so weit war. Wieder fuhr ein Auto vorüber. Wie schrecklich unansehnlich! Warum malte sich ein so junges Mädchen die Augen schwarz? Und ein junger Mann mit einem Mädchen um diese Zeit, während das Land... Der bewundernswerte Polizist hob die Hand, und Clarissa, seinem Gebot folgend, ging gemächlich hinüber und auf die Bond Street zu, sah die enge, gewundene Straße, die gelben Transparente, die dicken gedrehten Telegrafendrähte, die über den Himmel gespannt waren.

Vor hundert Jahren war ihr Ururgroßvater, Seymour Parry, der mit Conways Tochter durchbrannte, die Bond Street hinuntergegangen. Die Parrys waren die Bond Street hundert Jahre lang hinuntergegangen und dabei vielleicht den Dalloways (mütterlicherseits den Leighs) begegnet, die ihnen entgegenkamen. Ihr Vater kaufte seine Anzüge bei Hill's.

Im Fenster lag eine Tuchrolle, und hier stand nur ein einziger Krug auf einem schwarzen Tisch, unglaublich teuer, wie der große rosa Lachs auf dem Eisblock beim Fischhändler. Die Juwelen waren wunderschön – rosa und orangerote Sterne, Strass, aus Spanien, dachte sie, und Ketten aus Altgold, sternenbesetzte Spangen, kleine Broschen, von Damen mit hohem Kopfputz auf meergrünem Satin getragen. Aber wo-

must economise. She must go on past the picture dealer's where one of the odd French pictures hung, as if people had thrown confetti – pink and blue – for a joke. If you had lived with pictures (and it's the same with books and music) thought Clarissa, passing the Aeolian Hall, you can't be taken in by a joke.

The river of Bond Street was clogged. There, like a Queen at a tournament, raised, regal, was Lady Bexborough. She sat in her carriage, upright, alone, looking through her glasses. The white glove was loose at her wrist. She was in black, quite shabby, yet, thought Clarissa, how extraordinarily it tells, breeding, self-respect, never saying a word too much or letting people gossip; an astonishing friend; no one can pick a hole in her after all these years, and now, there she is, thought Clarissa, passing the Countess who waited powdered, perfectly still, and Clarissa would have given anything to be like that, the mistress of Clarefield, talking politics, like a man. But she never goes anywhere, thought Clarissa, and it's quite useless to ask her, and the carriage went on and Lady Bexborough was borne past like a Queen at a tournament, though she had nothing to live for and the old man is failing and they say she is sick of it all, thought Clarissa and the tears actually rose to her eyes as she entered the shop.

"Good morning," said Clarissa in her charming voice. "Gloves," she said with her exquisite friendliness and putting her bag on the counter began, very slowly, to undo the buttons. "White gloves," she said. "Above the elbow," and she looked straight into the shop-woman's face – but this was not the girl she remembered? She looked quite old. "These really don't fit," said

zu sich das ansehen! Man muß sparen. Sie mußte an der Kunsthandlung vorübergehen, wo eins dieser seltsamen französischen Bilder hing, als hätte man Konfetti gestreut – rosa und blau – aus Jux. Wenn man mit Bildern großgeworden ist (mit Büchern und Musik ist es genauso), dachte Clarissa, als sie an der Aeolian Hall vorbeiging, dann fällt man auf einen Jux nicht herein.

In der Bond Street gab es einen Verkehrsstau. Dort, gleich einer Königin beim Turnier, erhöht, majestätisch, war Lady Bexborough. Sie saß in ihrer Kutsche, aufrecht, allein, und blickte durch ihr Augenglas. Der weiße Handschuh war am Handgelenk offen. Sie trug Schwarz, ziemlich abgetragen, und doch, dachte Clarissa, ist es erstaunlich, wie sich das bemerkbar macht: Herkunft, Selbstachtung, nie ein überflüssiges Wort, nie Anlaß für Klatschgeschichten; eine erstaunliche Freundin; selbst nach so vielen Jahren kann ihr niemand am Zeug flicken. Und da ist sie nun, dachte Clarissa, als sie die Gräfin überholte, die gepudert und ganz reglos wartete, und Clarissa hätte wer weiß was darum gegeben, so zu sein wie sie, die Herrin von Clarefield, und über Politik zu reden wie ein Mann. Aber sie geht nie aus, dachte Clarissa, und es ist ganz zwecklos, sie einzuladen. Und die Kutsche fuhr weiter, und Lady Bexborough rollte vorüber wie eine Königin bei einem Turnier, obwohl sie keine Aufgabe mehr hatte und der alte Herr kränkelt, und es heißt, sie habe alles satt, dachte Clarissa, und ihr stiegen tatsächlich die Tränen in die Augen, als sie den Laden betrat.

«Guten Morgen», sagte Clarissa mit liebenswürdiger Stimme. «Handschuhe», sagte sie in ihrer freundlichsten Art, stellte ihre Handtasche auf den Ladentisch und begann langsam die Knöpfe zu öffnen. «Weiße Handschuhe», sagte sie. «Bis über die Ellenbogen», und sie sah der Verkäuferin gerade ins Gesicht – aber das war doch nicht das Mädchen, an das sie sich erinnerte? Diese sah viel älter aus. «Meine hier passen gar nicht», sagte Clarissa. Die Verkäuferin warf einen Blick darauf. «Madame

Clarissa. The shop-girl looked at them. "Madame wears bracelets?" Clarissa spread out her fingers. "Perhaps it's my rings." And the girl took the grey gloves with her to the end of the counter.

Yes, thought Clarissa, if it's the girl I remember, she's twenty years older... There was only one other customer, sitting sideways at the counter, her elbow poised, her bare hand drooping, vacant; like a figure on a Japanese fan, thought Clarissa, too vacant perhaps, yet some men would adore her.

The lady shook her head sadly. Again the gloves were too large. She turned round the glass. "Above the wrist," she reproached the grey-headed woman; who looked and agreed.

They waited; a clock ticked; Bond Street hummed, dulled, distant; the woman went away holding gloves. "Above the wrist," said the lady, mournfully, raising her voice. And she would have to order chairs, ices, flowers, and cloak-room tickets, thought Clarissa. The people she didn't want would come; the others wouldn't. She would stand by the door. They sold stockings – silk stockings. A lady is known by her gloves and her shoes, old Uncle William used to say. And through the hanging silk stockings quivering silver she looked at the lady, sloping shouldered, her hand drooping, her bag slipping, her eyes vacantly on the floor. It would be intolerable if dowdy women came to her party! Would one have liked Keats if he had worn red socks? Oh, at last – she drew into the counter and it flashed into her mind:

"Do you remember before the war you had gloves with pearl buttons?"

"French gloves, Madame?"

"Yes, they were French," said Clarissa. The

trägt Armreife?» Clarissa spreizte die Finger. «Vielleicht liegt es an meinen Ringen.» Und die Angestellte nahm die grauen Handschuhe und ging damit ans Ende des Ladentischs.

Ja, dachte Clarissa, wenn das die Verkäuferin ist, an die ich mich erinnere, dann ist sie zwanzig Jahre älter... Außer ihr war nur noch eine Kundin da. Sie saß seitlich am Verkaufstisch, einen Ellenbogen aufgestützt, die nackte Hand schlaff, ausdruckslos. Wie eine Figur auf einem japanischen Fächer, dachte Clarissa, vielleicht zu ausdruckslos, aber manche Männer wären von ihr hingerissen. Die Dame schüttelte traurig den Kopf. Auch diese Handschuhe waren zu weit. Sie drehte den Spiegel um. «Über dem Handgelenk», sagte sie vorwurfsvoll zu der grauhaarigen Verkäuferin, die hinsah und ihr recht gab.

Sie warteten. Eine Uhr tickte, die Bond Street summte gedämpft, fern. Die Verkäuferin trug die Handschuhe weg. «Über dem Handgelenk», sagte die Dame klagend mit lauter Stimme. Und sie mußte noch Stühle, Eis, Blumen und Garderobenmarken bestellen, dachte Clarissa. Alle, die sie nicht mochte, würden kommen, die andern nicht. Sie würde in der Nähe der Tür stehen. Sie verkauften auch Strümpfe – Seidenstrümpfe. Eine Dame erkennt man an ihren Handschuhen und ihrem Schuhwerk, sagte Onkel William immer. Und zwischen den hängenden Seidenstümpfen, die silbrig flimmerten, hindurch betrachtete sie die Dame: runde Schultern, herabhängende Hand, die Handtasche verrutscht, der leere Blick auf den Boden gerichtet. Es wäre unerträglich, wenn nachlässig gekleidete Frauen zu ihrem Fest kämen! Wäre Keats so beliebt gewesen, wenn er rote Socken getragen hätte? Ah, endlich. Sie lehnte sich über den Ladentisch, und plötzlich fiel ihr ein:

«Können Sie sich erinnern, daß Sie vor dem Krieg Handschuhe mit Perlmuttknöpfen hatten?»

«Französische Handschuhe, Madame?»

«Ja, es waren französische», sagte Clarissa. Die andere

other lady rose very sadly and took her bag, and looked at the gloves on the counter. But they were all too large – always too large at the wrist.

"With pearl buttons," said the shop-girl, who looked ever so much older. She split the lengths of tissue paper apart on the counter. With pearl buttons, thought Clarissa, perfectly simple – how French!

"Madame's hands are so slender," said the shop-girl, drawing the glove firmly, smoothly, down over her rings. And Clarissa looked at her arm in the looking-glass. The glove hardly came to the elbow. Were there others half an inch longer? Still it seemed tiresome to bother her – perhaps the one day in the month, thought Clarissa, when it's an agony to stand. "Oh, don't bother," she said. But the gloves were brought.

"Don't you get fearfully tired," she said in her charming voice, "standing? When d'you get your holiday?"

"In September, Madame, when we're not so busy."

When we're in the country, thought Clarissa. Or shooting. She has a fortnight at Brighton. In some stuffy lodging. The landlady takes the sugar. Nothing would be easier than to send her to Mrs Lumley's right in the country (and it was on the tip of her tongue). But then she remembered how on their honeymoon Dick had shown her the folly of giving impulsively. It was much more important, he said, to get trade with China. Of course he was right. And she could feel the girl wouldn't like to be given things. There she was in her place. So was Dick. Selling gloves was her job. She had her own sorrows quite se-parate, "and now can never mourn, can never mourn," the words ran in her head. "From the

Dame stand sehr betrübt auf, nahm ihre Handtasche und besah die Handschuhe auf dem Ladentisch. Aber sie waren alle zu weit, immer über dem Handgelenk zu weit.

«Mit Perlmuttknöpfen», sagte die Verkäuferin, die wirklich viel älter aussah. Sie trennte das Seidenpapier an der Tischkante in Streifen. Mit Perlmuttknöpfen, dachte Clarissa, ganz schlicht – sehr französisch!

«Madame hat so schlanke Hände», sagte die Verkäuferin und zog den Handschuh fest und glatt über die Ringe. Und Clarissa betrachtete ihren Arm im Spiegel. Der Handschuh reichte nur knapp bis zum Ellenbogen. Ob es auch welche gab, die einen halben Zoll länger waren? Aber es schien so lästig, sie zu bemühen – vielleicht ausgerechnet an dem einen Tag im Monat, dachte Clarissa, wo das Stehen eine Qual ist. «Ach, lassen Sie nur», sagte sie. Aber die Handschuhe wurden doch gebracht.

«Ist das nicht sehr ermüdend», fragte sie mit ihrer liebenswürdigen Stimme, «dieses Stehen? Wann bekommen Sie denn Urlaub?»

«Im September, Madame, wenn nicht so viel zu tun ist.»

Wenn wir auf dem Land sind, dachte Clarissa. Oder auf der Jagd. Sie verbringt zwei Wochen in Brighton. In einer muffigen Pension. Die Wirtin schließt den Zucker weg. Nichts wäre einfacher, als sie bei Mrs Lumley unterzubringen, richtig auf dem Land (und es lag ihr schon auf der Zunge). Aber dann fiel ihr ein, daß Dick ihr auf der Hochzeitsreise erklärt hatte, wie töricht es sei, spontan etwas zu geben. So sei es viel wichtiger, mit China Geschäfte zu machen, sagte er. Natürlich hatte er recht. Und ihr Gefühl sagte ihr, daß die Verkäuferin sich nicht gern etwas schenken ließe. Sie lebte hier in ihrer Welt, Dick in seiner. Ihr Beruf war es, Handschuhe zu verkaufen. Sie hatte ihre eigenen Sorgen, ganz für sich, «und kann nie mehr betrauern, nie mehr betrauern», die Worte gingen ihr durch den Kopf. «Vom Gift

contagion of the world's slow stain," thought Clarissa holding her arm stiff, for there are moments when it seems utterly futile (the glove was drawn off leaving her arm flecked with powder) – simply one doesn't believe, thought Clarissa, any more in God.

The traffic suddenly roared; the silk stockings brightened. A customer came in.

"White gloves," she said, with some ring in her voice that Clarissa remembered.

It used, thought Clarissa, to be so simple. Down down through the air came the caw of the rooks. When Sylvia died, hundreds of years ago, the yew hedges looked so lovely with the diamond webs in the mist before early church. But if Dick were to die tomorrow, as for believing in God – no, she would let the children choose, but for herself, like Lady Bexborough, who opened the bazaar, they say, with the telegram in her hand – Roden, her favourite, killed – she would go on. But why, if one doesn't believe? For the sake of others, she thought, taking the glove in her hand. The girl would be much more unhappy if she didn't believe.

"Thirty shillings," said the shop-woman. "No, pardon me, Madame, thirty-five. The French gloves are more."

For one doesn't live for oneself, thought Clarissa.

And then the other customer took a glove, tugged it, and it split.

"There!" she exclaimed.

"A fault of the skin," said the grey-headed woman hurriedly. "Sometimes a drop of acid in tanning. Try this pair, Madame."

"But it's an awful swindle to ask two pound ten!"

des wuchernden Geschwürs der Welt», dachte Clarissa und machte ihren Arm steif, denn es gibt Augenblicke, da scheint alles ganz und gar vergebens (der Handschuh wurde abgestreift und hinterließ Puderflecken auf ihrem Arm) – man glaubt einfach nicht mehr an Gott, dachte Clarissa.

Plötzlich wurde der Verkehrslärm lauter; die Seidenstrümpfe glänzten stärker. Eine Kundin trat ein.

«Weiße Handschuhe», sagte sie in einem Ton, der Clarissa bekannt vorkam.

Früher, dachte Clarissa, war alles so einfach. Aus großer Höhe kam das Krächzen der Krähen. Als Sylvia starb, vor vielen, vielen Jahren, da sahen die Eibenhecken so hübsch aus mit ihren diamantenen Spinnenweben im Morgennebel vor der Kirche. Aber wenn Dick morgen stürbe – was den Glauben an Gott betrifft, nein, sie würde die Kinder entscheiden lassen; aber sie selbst, sie würde weitermachen, wie Lady Bexborough, die angeblich mit dem Telegramm in der Hand – Roden, ihr Liebling, gefallen – den Wohltätigkeitsbasar eröffnete. Aber warum, wenn man nicht mehr glaubt? Um der anderen willen, dachte sie, und nahm den Handschuh in die Hand. Die Verkäuferin wäre viel unglücklicher, wenn sie nicht glaubte.

«Dreißig Shilling», sagte die Verkäuferin. «Nein, Verzeihung, Madame, fünfunddreißig. Die französischen Handschuhe sind teurer.»

Denn man lebt schließlich nicht für sich allein, dachte Clarissa.

Und dann nahm die andere Kundin einen Handschuh, zog daran, und er riß ein.

«Da!» rief sie.

«Ein Fehler im Leder», sagte die grauhaarige Frau hastig. «Manchmal ein Säuretropfen beim Gerben. Probieren Sie dieses Paar an, Madame.»

«Aber es ist doch allerhand, dafür zwei Pfund zehn zu verlangen!»

Clarissa looked at the lady; the lady looked at Clarissa.

"Gloves have never been quite so reliable since the war," said the shop-girl, apologising, to Clarissa.

But where had she seen the other lady? – elderly, with a frill under her chin; wearing a black ribbon for gold eyeglasses; sensual, clever, like a Sargent drawing. How one can tell from a voice when people are in the habit, thought Clarissa, of making other people – "It's a shade too tight," she said – obey. The shop-woman went off again. Clarissa was left waiting. Fear no more she repeated, playing her finger on the counter. Fear no more the heat o' the sun. Fear no more, she repeated. There were little brown spots on her arm. And the girl crawled like a snail. Thou thy worldly task hast done. Thousands of young men had died that things might go on. At last! Half an inch above the elbow; pearl buttons; five and a quarter. My dear slow coach, thought Clarissa, do you think I can sit here the whole morning? Now you'll take twenty-five minutes to bring me my change!

There was a violent explosion in the street outside. The shop-women cowered behind the counters. But Clarissa, sitting very upright, smiled at the other lady. "Miss Anstruther!" she exclaimed.

Clarissa sah die Dame an, und die Dame sah Clarissa an.

«Handschuhe sind heute nicht mehr so haltbar wie vor dem Krieg», sagte die Verkäuferin entschuldigend zu Clarissa.

Wo hatte sie die andere Dame nur schon gesehen? – etwas älter, mit einer Rüsche unterm Kinn, ein schwarzes Band an ihrer Goldbrille; sinnlich, klug, wie von Sargent gezeichnet. Wie man doch einer Stimme anmerkt, daß jemand gewohnt ist, überlegte Clarissa, anderen Leuten – «Der ist ein bißchen zu eng», sagte die Dame – Befehle zu erteilen. Die Verkäuferin ging wieder. Clarissa mußte warten. Fürchte nicht mehr, wiederholte sie und trommelte mit dem Finger auf dem Ladentisch. Fürchte nicht mehr Sonnenglut. Fürchte nicht mehr, wiederholte sie. Auf ihrem Arm waren kleine braune Flecken. Und die Verkäuferin kroch wie eine Schnecke. Dein Erdenwerk hast du getan. Tausende von jungen Männern waren gestorben, damit alles weitergehen konnte. Endlich! Einen halben Zoll über den Ellenbogen; Perlmuttknöpfe; Fünfeinviertel. Meine liebe Transuse, dachte Clarissa, meinen Sie, ich will den ganzen Vormittag hier herumsitzen? Jetzt wird es wohl fünfundzwanzig Minuten dauern, bis Sie mir das Wechselgeld bringen!

Draußen auf der Straße gab es einen lauten Knall. Die Verkäuferinnen duckten sich hinter die Ladentische. Aber Clarissa blieb voller Haltung sitzen und lächelte der anderen Dame zu. «Miss Anstruther!» rief sie aus.

She got in and put her suit case in the rack, and the brace of pheasants on top of it. Then she sat down in the corner. The train was rattling through the midlands, and the fog, which came in when she opened the door, seemed to enlarge the carriage and set the four travellers apart. Obviously M.M. – those were the initials on the suit case – had been staying the week-end with a shooting party, obviously, for she was telling over the story now, lying back in her corner. She did not shut her eyes. But clearly she did not see the man opposite, nor the coloured photograph of York Minster. She must have heard, too, what they had been saying. For as she gazed, her lips moved; now and then she smiled. And she was handsome; a cabbage rose; a russet apple; tawny; but scarred on the jaw – the scar lengthened when she smiled. Since she was telling over the story she must have been a guest there, and yet, dressed as she was, out of fashion as women dressed, years ago, in pictures in fashion plates of sporting newspapers, she did not seem exactly a guest, nor yet a maid. Had she had a basket with her she would have been the woman who breeds fox terriers; the owner of the Siamese cat; some one connected with hounds and horses. But she had only a suit case and the pheasants. Somehow therefore she must have wormed her way into the room that she was seeing through the stuffing of the carriage, and the man's bald head, and the picture of York Minster. And she must have listened to what they were saying, for now, like somebody imitating the noise that someone else makes, she made a little click at the back of her throat: "Chk. Chk." Then she smiled.

Die Jagdgesellschaft

Sie stieg ein und legte ihren Koffer ins Gepäcknetz, die beiden Fasane obenauf. Dann nahm sie in einer Ecke Platz. Der Zug ratterte durch die Midlands, und der Nebel, der hereingeweht war, als sie die Tür öffnete, ließ das Abteil geräumiger erscheinen und vereinzelte die vier Reisenden. Offenbar hatte M. M. – dies waren die Initialen auf ihrem Koffer – das Wochenende mit einer Jagdgesellschaft verbracht. Offenbar, denn nun erzählte sie sich, in ihre Ecke gelehnt, noch einmal, was sich alles ereignet hatte. Ihre Augen waren zwar offen, aber man merkte, daß sie weder den Mann gegenüber noch die Farbfotografie der Kathedrale von York wahrnahm. Sie hatte wohl auch gehört, worüber man sich unterhalten hatte, denn ihre Lippen bewegten sich, während sie unbewegt geradeaus starrte, und dann und wann lächelte sie. Sie sah gut aus, wie eine hundertblättrige Rose, ein Winterapfel, gelblichbraun, aber mit einer Narbe an der Wange – einer Narbe, die länger wurde, wenn sie lächelte. Da sie sich alles noch einmal erzählte, mußte sie dort zu Gast gewesen sein; aber da sie andererseits nicht nach der Mode gekleidet war, sondern so aussah wie die Frauen, die man vor vielen Jahren in Jagdzeitschriften abgebildet fand, wirkte sie doch nicht wie ein Gast, allerdings auch nicht wie eine Hausangestellte. Hätte sie einen Korb bei sich gehabt, wäre sie die Frau gewesen, die Foxterrier züchtet; die Besitzerin der Siamkatze; jemand, der mit Jagdhunden und Pferden zu tun hat. Sie aber hatte nur einen Koffer und die Fasane bei sich. Sie mußte also auf andere Weise in den Raum gelangt sein, den sie jetzt durch die Polster des Abteils, den kahlen Schädel des Mannes und das Bild der Kathedrale von York hindurch sah. Und sie mußte zugehört haben, als man sich unterhielt, denn jetzt machte sie hinten in der Kehle ein leise klickendes Geräusch, als ahmte sie die Angewohnheit einer anderen Person nach. «Ch-k.» Dann lächelte sie.

"Chk," said Miss Antonia, pinching her glasses on her nose. The damp leaves fell across the long windows of the gallery; one or two stuck, fish-shaped, and lay like inlaid brown wood upon the window-panes. Then the trees in the Park shivered, and the leaves, flaunting down, seemed to make the shiver visible – the damp brown shiver.

"Chk," Miss Antonia sniffed again, and pecked at the flimsy white stuff that she held in her hands, as a hen pecks nervously rapidly at a piece of white bread.

The wind sighed. The room was draughty. The doors did not fit, nor the windows. Now and then a ripple, like a reptile, ran under the carpet. On the carpet lay panels of green and yellow, where the sun rested, and then the sun moved and pointed a finger as if in mockery at a hole in the carpet and stopped. And then on it went, the sun's feeble but impartial finger, and lay upon the coat of arms over the fireplace – gently illumined the shield; the pendant grapes; the mermaid; and the spears.

Miss Antonia looked up as the light strengthened. Vast lands, so they said, the old people had owned – her forefathers – the Rashleighs. Over there. Up the Amazons. Freebooter. Voyagers. Sacks of emeralds. Nosing round the islands. Taking captives. Maidens. There she was, all scales from the tail to the waist. Miss Antonia grinned. Down struck the finger of the sun and her eye went with it. Now it rested on a silver frame; on a photograph; on an egg-shaped baldish head; on a lip that stuck out under the moustache; and the name "Edward" written with a flourish beneath.

"The King..." Miss Antonia muttered, turning the film of white upon her knee, "had the Blue

«Ch-k», machte Miss Antonia und klemmte ihren Zwikker fest. Die feuchten Blätter wehten schräg an den hohen Fenstern der Galerie vorbei, ein paar blieben haften, fischförmig, und lagen wie braune Intarsien auf den Fensterscheiben. Dann ging ein Zittern durch die Bäume im Park, und die stolz herabschwebenden Blätter schienen das Zittern erst sichtbar zu machen – das feuchte, braune Zittern.

«Ch-k.» Miss Antonia schniefte erneut und zupfte an dem dünnen weißen Tuch in ihrer Hand wie eine Henne, die unruhig an einem Stück Weißbrot herumpickt.

Der Wind seufzte. Der Raum war zugig. Türen und Fenster schlossen nicht richtig. Ab und zu lief eine wellenartige Bewegung unter dem Teppich hindurch wie von einem Reptil. Auf dem Teppich lagen grüne und gelbe Felder dort, wo die Sonnenstrahlen gerade hinfielen, und dann bewegte sich die Sonne weiter und deutete wie zum Spott mit dem Finger auf ein Loch im Teppich und blieb dort stehen. Dann wanderte er weiter, der schwache, aber unbestechliche Sonnenfinger, und legte sich auf das Wappen über dem Kamin, das er sanft beleuchtete – den Schild, die hängenden Trauben, die Meerjungfrau und die Speere. Miss Antonia sah auf, als das Licht heller wurde. Weitläufige Ländereien, so hieß es, hätten die Alten besessen – ihre Vorfahren, die Rashleighs. Drüben. Am oberen Amazonas. Freibeuter. Seefahrer. Säcke voller Smaragde. Stöberten auf den Inseln herum. Nahmen Gefangene. Jungfrauen. Da war sie, mit Schuppen bedeckt vom Schwanz bis zur Taille. Miss Antonia mußte schmunzeln. Der Sonnenfinger wies nach unten, und ihr Blick folgte ihm. Er ruhte jetzt auf einem Silberrahmen, auf einer Fotografie, auf einem ovalen, fast kahlen Schädel, auf einer Lippe, die unter dem Schnurrbart hervorstand: darunter der Name Edward in verschnörkelter Schrift.

«Der König...», murmelte Miss Antonia und drehte das feine weiße Gewebe auf ihrem Knie um – «hatte das

Room," she added with a toss of her head. The light faded.

Out in the King's Ride the pheasants were being driven across the noses of the guns. Up they spurted from the underwood like heavy rockets, reddish purple rockets, and as they rose the guns cracked in order, eagerly, sharply, as if a line of dogs had suddenly barked. Tufts of white smoke held together for a moment; then gently solved themselves, faded, and dispersed.

In the deep cut road beneath the hanger a cart stood, laid already with soft warm bodies, with limp claws, and still lustrous eyes. The birds seemed alive still, but swooning under their rich damp feathers. They looked relaxed and comfortable, stirring slightly, as if they slept upon a warm bank of soft feathers on the floor of the cart.

Then the Squire, with the hang-dog, purple-stained face, in the shabby gaiters, cursed and raised his gun.

Miss Antonia stitched on. Now and then a tongue of flame reached round the grey log that stretched from one bar to another across the grate; ate it greedily, then died out, leaving a white bracelet where the bark had been eaten off. Miss Antonia looked up for a moment, stared wide-eyed, instinctively, as a dog stares at a flame. Then the flame sank and she stitched again.

Then, silently, the enormously high door opened. Two lean men came in, and drew a table over the hole in the carpet. They went out; they came in. They laid a cloth upon the table. They went out; they came in. They brought a green baize basket of knives and forks; and glasses; and sugar

Blaue Zimmer», setzte sie hinzu, als das Licht blasser wurde, und warf den Kopf zurück.

Draußen am King's Ride wurden die Fasane jetzt vor die Gewehre getrieben. Sie stiegen aus dem Unterholz auf wie schwerfällige Raketen, rötlich-violette Raketen, und während sie sich erhoben, krachten die Gewehre eins nach dem andern, gierig, scharf, als hätte plötzlich eine Hundemeute zu bellen begonnen. Weiße Rauchwölkchen hielten einen Augenblick zusammen, lösten sich dann allmählich auf, verblaßten und waren verschwunden.

In dem Hohlweg unterhalb des bewaldeten Abhangs stand ein Wagen, auf dem bereits weiche, warme Körper mit erschlafften Klauen lagen und mit Augen, die noch glänzten. Die Vögel mit ihrem prächtigen feuchten Gefieder sahen aus, als ob sie noch lebten und nur betäubt wären. Sie wirkten entspannt und zufrieden und regten sich leise, als schliefen sie auf einer warmen Unterlage von weichen Federn auf dem Boden des Wagens.

Dann stieß der Squire mit dem rot gefleckten Galgenvogelgesicht und den abgetragenen Gamaschen einen Fluch aus und hob sein Gewehr.

Miss Antonia stickte weiter. Ab und zu züngelte eine Flamme um das graue Holzscheit herum, das die ganze Breite des Kamins einnahm, fraß gierig daran und erstarb, einen weißen Ring hinterlassend, wo die Rinde weggefressen war. Miss Antonia blickte kurz auf, schaute unwillkürlich hin, mit weit geöffneten Augen wie ein Hund, der ins Feuer starrt. Dann sank die Flamme in sich zusammen, und sie fuhr mit dem Sticken fort.

Dann ging die ungeheuer hohe Tür leise auf. Zwei hagere Männer traten ein und zogen einen Tisch über das Loch im Teppich. Sie gingen hinaus, sie kamen zurück. Sie breiteten ein Tuch über den Tisch. Sie gingen hinaus, sie kamen zurück. Sie brachten ein mit grünem Samt ausgeschlagenes Besteckkörbchen und Gläser und

casters; and salt-cellars; and bread; and a silver vase with three chrysanthemums in it. And the table was laid. Miss Antonia stitched on.

Again the door opened, pushed feebly this time. A little dog trotted in, a spaniel, nosing nimbly; it paused. The door stood open. And then, leaning on her stick, heavily, old Miss Rashleigh entered. A white shawl, diamond-fastened, clouded her baldness. She hobbled; crossed the room; hunched herself in the high-backed chair by the fireside. Miss Antonia went on stitching.

"Shooting," she said at last.

Old Miss Rashleigh nodded. "In the King's Ride," she said. She gripped her stick. They sat waiting.

The shooters had moved now from the King's Ride to the Home Woods. They stood in the purple ploughed field outside. Now and then a twig snapped; leaves came whirling. But above the mist and the smoke was an island of blue – faint blue, pure blue – alone in the sky. And in the innocent air, as if straying alone like a cherub, a bell from a far hidden steeple frolicked, gambolled, then faded. Then again up shot the rockets, the reddish purple pheasants. Up and up they went. Again the guns barked; the smoke balls formed; loosened, dispersed. And the busy little dogs ran nosing nimbly over the fields; and the warm damp bodies, still languid and soft, as if in a swoon, were bunched together by the men in gaiters and flung into the cart.

"There!" grunted Milly Masters, the housekeeper, throwing down her glasses. She was stitching too in the small dark room that overlooked the stable-yard. The jersey, the rough woollen jersey for her son, the boy who cleaned

Zuckerstreuer und Salzfäßchen und Brot und eine silberne Vase mit drei Chrysanthemen. Und dann war der Tisch gedeckt. Miss Antonia stickte weiter.

Wieder ging die Tür auf, diesmal durch einen leichten Stoß. Ein kleiner Hund trottete herein, ein flink schnuppernder Spaniel; er blieb stehen. Die Tür stand offen. Und dann, schwerfällig auf einen Stock gestützt, trat die alte Miss Rashleigh ein. Ein weißer Schal, von Diamanten gehalten, umhüllte ihre Kahlheit. Humpelnd durchquerte sie den Raum; setzte sich gebeugt in den Lehnstuhl am Kamin. Miss Antonia fuhr fort zu sticken.

«Schüsse», sagte sie schließlich.

Die alte Miss Rashleigh nickte. «Auf dem King's Ride», sagte sie. Sie umklammerte ihren Stock. Beide saßen und warteten.

Die Jäger waren inzwischen vom King's Ride zum Hauswald gezogen. Sie standen auf dem davor gelegenen violett aufgepflügten Acker. Ab und zu knackte ein Zweig; Blätter wirbelten herab. Aber über dem Dunst und Pulverrauch war eine Insel von Blau – blassem Blau, reinem Blau – einsam am Himmel. Und durch die unschuldige Luft schwang, einsam wie ein umherirrender Engel, von einem fernen, unsichtbaren Kirchturm eine Glocke, heiter und ausgelassen, dann immer leiser. Dann stiegen wieder die Raketen auf, rötlich-violette Fasane. Höher und immer höher. Wieder krachten die Gewehre; Rauchwölkchen bildeten sich, lösten sich auf, verflogen. Die flinken kleinen Hunde rannten geschäftig schnuppernd über die Felder; und die warmen, feuchten Körper, noch schlaff und weich, wie betäubt, wurden von den Männern in Gamaschen gebündelt auf den Wagen geworfen.

«So!» brummte Milly Masters, die Haushälterin, und warf ihre Brille auf den Tisch. Auch sie saß an einer Handarbeit, in dem düsteren kleinen Raum, von dem man in den Stallungshof sah. Der Pullover, der grobe Wollpullover für ihren Sohn, den Jungen, der die Kirche

the church, was finished. "The end o' that!"
she muttered. Then she heard the cart. Wheels
ground on the cobbles. Up she got. With her
hands to her hair, her chestnut-coloured hair, she
stood in the yard, in the wind.

"Coming!" she laughed, and the scar on her
cheek lengthened. She unbolted the door of the
game room as Wing, the keeper, drove the cart
over the cobbles. The birds were dead now, their
claws gripped tight, though they gripped nothing.
The leathery eyelids were creased greyly over
their eyes. Mrs Masters the housekeeper, Wing
the gamekeeper, took bunches of dead birds by
the neck and flung them down on the slate floor
of the game larder. The slate floor became smeared and spotted with blood. The pheasants looked
smaller now, as if their bodies had shrunk together. Then Wing lifted the tail of the cart and
drove in the pins which secured it. The sides of
the cart were stuck about with little grey-blue
feathers, and the floor was smeared and stained
with blood. But it was empty.

"The last of the lot!" Milly Masters grinned as
the cart drove off.

"Luncheon is served, ma'am," said the butler.
He pointed at the table; he directed the footman.
The dish with the silver cover was placed precise-
ly there where he pointed. They waited, the butler and the footman.

Miss Antonia laid her white film upon the basket; put away her silk; her thimble; stuck her
needle through a piece of flannel; and hung her
glasses on a hook upon her breast. Then she rose.

"Luncheon!" she barked in old Miss Rashleigh's ear. One second later old Miss Rashleigh
stretched her leg out; gripped her stick; and rose

sauber machte, war fertig. «Das wäre geschafft!» murmelte sie. Dann hörte sie den Wagen. Räder mahlten auf den Pflastersteinen. Sie stand auf. Ihre Hände schützend in den Haaren, den kastanienbraunen Haaren, stand sie im Hof, im Wind.

«Ich komme!» lachte sie, und die Narbe auf ihrer Wange wurde länger. Sie öffnete den Riegel an der Tür zur Wildbretkammer, während Wing, der Jagdaufseher, mit dem Wagen über das Pflaster kam. Die Vögel waren nun tot, ihre Klauen fest geschlossen, obwohl sie nichts umschlossen. Die ledrigen Augenlider lagen in grauen Falten über den Augen. Mrs Masters, die Haushälterin, und Wing, der Jagdaufseher, nahmen die toten Vögel bündelweise bei den Hälsen und warfen sie auf den Schieferboden der Vorratskammer.

Der Schieferboden wurde von Blut befleckt und verschmiert. Die Fasane wirkten jetzt kleiner, als wären ihre Körper geschrumpft. Dann hob Wing die Ladeklappe des Wagens und sicherte sie mit Bolzen. An den Seiten des Wagens klebten überall kleine graublaue Federn, und der Boden war mit Blut befleckt und verschmiert. Aber er war leer.

«Die letzte Ladung!» Milly Masters lachte zufrieden, als der Wagen davonfuhr.

«Das Essen ist serviert, Madam», sagte der Butler. Er wies auf die Tafel; er gab dem Diener Anweisungen. Die Platte mit dem silbernen Deckel kam genau an die Stelle, auf die er gezeigt hatte. Sie warteten, der Butler und der Diener.

Miss Antonia breitete das weiße Tuch über ihren Korb, legte die Nähseide weg, ihren Fingerhut, steckte die Nadel in ein Stück Flanell und hängte ihre Brille an ein Häkchen auf ihrer Brust. Dann erhob sie sich.

«Essen!» schrie sie der alten Miss Rashleigh ins Ohr. Eine Sekunde später streckte die alte Miss Rashleigh ihr Bein vor, umklammerte ihren Stock und erhob sich eben-

too. Both old women advanced slowly to the table; and were tucked in by the butler and the footman, one at this end, one at that. Off came the silver cover. And there was the pheasant, featherless, gleaming; the thighs tightly pressed to its side; and little mounds of breadcrumbs were heaped at either end.

Miss Antonia drew the carving knife across the pheasant's breast firmly. She cut two slices and laid them on a plate. Deftly the footman whipped it from her, and old Miss Rashleigh raised her knife. Shots rang out in the wood under the window.

"Coming?" said old Miss Rashleigh, suspending her fork.

The branches flung and flaunted on the trees in the Park.

She took a mouthful of pheasant. Falling leaves flicked the window-pane; one or two stuck to the glass.

"In the Home Woods, now," said Miss Antonia. "Hugh's last shoot." She drew her knife down the other side of the breast. She added potatoes and gravy, Brussels sprouts and bread sauce methodically in a circle round the slices on her plate. The butler and the footman stood watching, like servers at a feast. The old ladies ate quietly; silently; nor did they hurry themselves; methodically they cleaned the bird. Bones only were left on their plates. Then the butler drew the decanter towards Miss Antonia, and paused for a moment with his head bent.

"Give it here, Griffiths," said Miss Antonia, and took the carcass in her fingers and tossed it to the spaniel beneath the table. The butler and the footman bowed and went out.

"Coming closer," said Miss Rashleigh, listen-

falls. Langsam näherten sich die beiden alten Frauen dem Tisch, wo ihnen der Butler und der Diener die Stühle zurechtrückten, einen an diesem, einen am anderen Ende. Der silberne Deckel wurde abgenommen, und da lag der Fasan, ohne Federn, glänzend, die Schenkel fest angepreßt; und zu beiden Seiten waren Semmelbrösel aufgehäuft.

Miss Antonia zog das Tranchiermesser kraftvoll durch die Brust des Fasans. Sie schnitt zwei Scheiben ab und legte sie auf einen Teller. Geschickt nahm ihn der Diener aus ihrer Hand, und die alte Miss Rashleigh hob ihr Messer. Aus dem Wald unterhalb des Fensters waren Schüsse zu hören.

«Kommen sie?» fragte die alte Miss Rashleigh, mit der Gabel innehaltend.

Die Bäume im Park schwangen und schüttelten ihre Äste.

Miss Rashleigh nahm einen Bissen Fasan. Fallende Blätter stießen an das Fenster, ein paar blieben an der Scheibe hängen.

«Jetzt im Hauswald», sagte Miss Antonia. «Hughs letzte Jagd.» Sie schnitt mit dem Messer die andere Brustseite auf. Bedächtig legte sie rings um die Scheiben auf ihrem Teller Kartoffeln und Bratensoße, Rosenkohl und Brottunke. Butler und Diener standen da und sahen zu wie Bedienstete bei einem Festmahl.

Die alten Damen aßen ruhig und schweigend, ganz ohne Hast. Bedächtig aßen sie den ganzen Vogel auf. Auf ihren Tellern blieben nur Knochen zurück. Dann stellte der Butler Miss Antonia die Karaffe hin und verharrte einen Augenblick mit gesenktem Kopf.

«Geben Sie her, Griffiths», sagte Miss Antonia, ergriff das Gerippe und warf es dem Spaniel unter dem Tisch zu. Butler und Diener verneigten sich und gingen hinaus.

«Kommen näher», sagte Miss Rashleigh lauschend.

ing. The wind was rising. A brown shudder shook the air; leaves flew too fast to stick. The glass rattled in the windows.

"Birds wild," Miss Antonia nodded, watching the helter-skelter.

Old Miss Rashleigh filled her glass. As they sipped their eyes became lustrous like half-precious stones held to the light. Slate blue were Miss Rashleigh's; Miss Antonia's red, like port. And their laces and their flounces seemed to quiver, as if their bodies were warm and languid underneath their feathers as they drank.

"It was a day like this, d'you remember?" said old Miss Rashleigh, fingering her glass. "They brought him home . . . a bullet through his heart. A bramble, so they said. Tripped. Caught his foot . . ." She chuckled as she sipped her wine.

"And John . . ." said Miss Antonia. "The mare, they said, put her foot in a hole. Died in the field. The hunt rode over him. He came home, too, on a shutter . . ." They sipped again.

"Remember Lily?" said old Miss Rashleigh. "A bad 'un." She shook her head. "Riding with a scarlet tassel on her cane . . ."

"Rotten at the heart!" cried Miss Antonia. "Remember the Colonel's letter? 'Your son rode as if he had twenty devils in him – charged at the head of his men.' . . . Then one white devil – ah hah!" She sipped again.

"The men of our house . . ." began Miss Rashleigh. She raised her glass. She held it high, as if she toasted the mermaid carved in plaster on the fireplace. She paused. The guns were barking. Something cracked in the woodwork. Or was it a rat running behind the plaster?

"Always women . . ." Miss Antonia nodded.

Der Wind blies heftiger. Ein braunes Schaudern ging durch die Luft, Blätter flogen zu schnell, um hängenzubleiben. Die Scheiben klirrten in den Fensterrahmen.

«Aufgeregt, die Vögel», nickte Miss Antonia angesichts dieses Treibens.

Die alte Miss Rashleigh goß sich ein. Während die beiden nippten, fingen ihre Augen an zu glänzen wie Halbedelsteine, die man gegen das Licht hält. Miss Rashleighs waren schieferblau, Miss Antonias rot wie Portwein. Und ihre Spitzen und Rüschen schienen zu zittern, so als wären ihre Körper warm und schlaff unter dem Gefieder, während sie tranken.

«Es war ein Tag wie heute, erinnerst du dich?» sagte die alte Miss Rashleigh und drehte ihr Glas zwischen den Fingern. «Sie brachten ihn heim – eine Kugel im Herzen. Eine Brombeerranke, hieß es. Gestolpert. War hängengeblieben...» Sie lachte lautlos und nippte an ihrem Wein.

«Und John...» sagte Miss Antonia. «Die Stute, hieß es, sei in ein Loch getreten. Starb auf dem Feld. Die Jagd ritt über ihn hinweg. Auch er kam auf einer Trage nach Hause...» Wieder nippten sie.

«Erinnerst du dich an Lily?» fragte die alte Miss Rashleigh. «Eine Schlimme.» Sie schüttelte den Kopf. «Immer eine scharlachrote Quaste an ihrer Reitgerte...»

«Durch und durch verdorben!» rief Miss Antonia aus. «Erinnerst du dich, was der Oberst schrieb? ‹Ihr Sohn ritt wie von zwanzig Teufeln besessen – griff an der Spitze seiner Männer an.› – Und dann hat so ein weißer Teufel... Ach ja!» Sie nippte wieder.

«Die Männer aus unserem Haus...» begann Miss Rashleigh. Sie hob ihr Glas, so hoch, als wollte sie der Meerjungfrau aus Gips über dem Kamin zutrinken. Sie hielt inne. Die Gewehre krachten. In der Holztäfelung knackte es. Oder war es eine Ratte, die hinter dem Stuck herumhuschte?

«Immer die Frauen...» Miss Antonia nickte. «Die

"The men of our house. Pink and white Lucy at the Mill – d'you remember?"

"Ellen's daughter at the Goat and Sickle," Miss Rashleigh added.

"And the girl at the tailor's," Miss Antonia murmured, "where Hugh bought his riding-breeches, the little dark shop on the right..."

"... that used to be flooded every winter. It's *his* boy," Miss Antonia chuckled, leaning towards her sister, "that cleans the church."

There was a crash. A slate had fallen down the chimney. The great log had snapped in two. Flakes of plaster fell from the shield above the fireplace.

"Falling," old Miss Rashleigh chuckled, "falling."

"And who," said Miss Antonia, looking at the flakes on the carpet, "who's to pay?"

Crowing like old babies, indifferent, reckless, they laughed; crossed to the fireplace, and sipped their sherry by the wood ashes and the plaster until each glass held only one drop of wine, reddish purple, at the bottom. And this the old women did not wish to part with, so it seemed; for they fingered their glasses, as they sat side by side by the ashes; but they never raised them to their lips.

"Milly Masters in the still room," began old Miss Rashleigh. "She's our brother's..."

A shot barked beneath the window. It cut the string that held the rain. Down it poured, down, down, down, in straight rods whipping the windows. Light faded from the carpet. Light faded in their eyes, too, as they sat by the white ashes listening. Their eyes became like pebbles, taken from water; grey stones dulled and dried. And their hands gripped their hands like the claws of

Männer aus unserem Haus. Die rosig-weiße Lucy aus der Mühle – erinnerst du dich?»

«Ellens Tochter aus der ‹Geiß und Sichel›», ergänzte Miss Rashleigh.

«Und das Mädchen aus der Schneiderei», murmelte Miss Antonia, «wo Hugh seine Reithosen kaufte, das finstere Lädchen rechts...»

«... das jeden Winter unter Wasser stand. Es ist sein Junge», kicherte Miss Antonia und beugte sich zu ihrer Schwester, «der die Kirche sauber macht.»

Es krachte. Ein Schieferstück war vom Dach durch den Schornstein heruntergefallen. Das große Scheit war auseinandergebrochen. Stuckteile fielen aus dem Wappenschild über dem Kamin.

«Alles fällt», kicherte die alte Miss Rashleigh. «Alles fällt.»

«Und wer», fragte Miss Antonia und betrachtete die Brocken auf dem Teppich, «wer soll das bezahlen?»

Sie krähten wie alte Kinder, lachten, unbekümmert, sorglos; gingen hinüber zum Kamin und nippten neben Holzasche und Stuck ihren Sherry, bis nur noch ein Tröpfchen, rötlich-violett, den Boden der Gläser bedeckte. Von diesem, so schien es, mochten sich die alten Frauen nicht trennen, denn während sie Seite an Seite vor der Asche saßen, drehten sie ihre Gläser zwischen den Fingern, führten sie aber nicht an die Lippen.

«Milly Masters aus der Vorratskammer», begann die alte Miss Rashleigh. «Unser Bruder und sie...»

Unter dem Fenster krachte ein Schuß. Er durchschnitt die Schnur, die den Regen gehalten hatte. Es goß, goß, goß in geraden Peitschenschnüren, die an die Fenster klatschten. Das Leuchten auf dem Teppich verlosch. Das Leuchten ihrer Augen verlosch ebenfalls, während sie lauschend vor der weißen Asche saßen. Ihre Augen wurden wie Kiesel, die man aus dem Wasser genommen hat, graue, stumpfe, trockene Steine. Und ihre Hände waren

dead birds gripping nothing. And they shrivelled as if the bodies inside the clothes had shrunk. Then Miss Antonia raised her glass to the mermaid. It was the last toast, the last drop; she drank it off. "Coming!" she croaked, and slapped the glass down. A door banged below. Then another. Then another. Feet could be heard trampling, yet shuffling, along the corridor towards the gallery.

"Closer! Closer!" grinned Miss Rashleigh, baring her three yellow teeth.

The immensely high door burst open. In rushed three great hounds and stood panting. Then there entered, slouching, the Squire himself in shabby gaiters. The dogs pressed round him, tossing their heads, snuffling at his pockets. Then they bounded forward. They smelt the meat. The floor of the gallery waved like a wind-lashed forest with the tails and backs of the great questing hounds. They snuffed the table. They pawed the cloth. Then with a wild neighing whimper they flung themselves upon the little yellow spaniel who was gnawing the carcass under the table.

"Curse you, curse you!" howled the Squire. But his voice was weak, as if he shouted against a wind. "Curse you, curse you!" he shouted, now cursing his sisters.

Miss Antonia and Miss Rashleigh rose to their feet. The great dogs had seized the spaniel. They worried him, they mauled him with their great yellow teeth. The Squire swung a leather knotted tawse this way, that way, cursing the dogs, cursing his sisters, in the voice that sounded so loud yet so weak. With one lash he curled to the ground the vase of chrysanthemums. Another caught old Miss Rashleigh on the cheek. The old woman staggered backwards. She fell against the

ineinander verkrallt wie die Klauen toter Vögel, die nichts umklammern. Und sie sanken zusammen, als wären die Körper in den Kleidern geschrumpft. Dann hob Miss Antonia ihr Glas der Meerjungfrau entgegen. Es war der letzte Tropfen; sie trank ihn aus. «Da kommen sie!» krächzte sie und stellte das Glas geräuschvoll ab. Unten schlug eine Tür. Dann noch eine. Dann noch eine. Man hörte Trampeln und gleichzeitig Scharren auf dem Korridor zur Galerie.

«Näher! Näher!» grinste Miss Rashleigh und entblößte ihre drei gelblichen Zähne.

Die ungeheuer hohe Tür flog auf. Herein sprangen drei große Jagdhunde und blieben hechelnd stehen. Dann trat gebeugt der Squire mit abgetragenen Gamaschen ein. Die Hunde drängten sich um ihn, hoben die Köpfe, schnupperten an seinen Taschen. Dann machten sie einen Satz vorwärts. Sie rochen das Fleisch. Am Boden der Galerie entstand durch die Ruten und Rücken der großen suchenden Hunde ein Wogen wie im windgepeitschten Wald. Sie beschnüffelten den Tisch, kratzen mit den Pfoten am Tischtuch. Dann, mit einem wilden, winselnden Jaulen, stürzten sie sich auf den kleinen gelblichen Spaniel, der unter dem Tisch das Gerippe abnagte.

«Zum Teufel, zum Teufel!» heulte der Squire. Aber seine Stimme klang schwach, so als kämpfte er gegen einen Sturm an. «Zum Teufel, zum Teufel!» schrie er, und diesmal galt der Fluch seinen Schwestern.

Miss Antonia und Miss Rashleigh erhoben sich. Die großen Hunde hatten den Spaniel gepackt. Sie schüttelten ihn, sie bissen ihn mit ihren großen, gelblichen Zähnen. Der Squire schwang eine lederne Knotenpeitsche bald hierhin, bald dorthin, er verwünschte die Hunde, verwünschte seine Schwestern, mit einer Stimme, die so laut und doch so schwach klang. Mit einem Hieb riß er die Vase mit den Chrysanthemen zu Boden. Mit einem zweiten traf er Miss Rashleigh an der Wange. Die alte Frau taumelte rückwärts. Sie fiel gegen den Kaminsims. Ihr

mantelpiece. Her stick striking wildly, struck the shield above the fireplace. She fell with a thud upon the ashes. The shield of the Rashleighs crashed from the wall. Under the mermaid, under the spears, she lay buried.

The wind lashed the panes of glass; shots volleyed in the Park and a tree fell. And then King Edward in the silver frame slid, toppled and fell too.

The grey mist had thickened in the carriage. It hung down like a veil; it seemed to put the four travellers in the corners at a great distance from each other, though in fact they were as close as a third-class railway carriage could bring them. The effect was strange. The handsome, if elderly, the well-dressed, if rather shabby woman who had got into the train at some station in the midlands seemed to have lost her shape. Her body had become all mist. Only her eyes gleamed, changed, lived all by themselves it seemed; eyes without a body; blue-grey eyes seeing something invisible. In the misty air they shone out, they moved, so that in the sepulchral atmosphere – the windows were blurred, the lamps haloed with fog – they were like lights dancing, will-o'-the-wisps that move, people say, over the graves of unquiet sleepers in churchyards. An absurd idea? Mere fancy? Yet after all, since there is nothing that does not leave some residue, and memory is a light that dances in the mind when the reality is buried, why should not the eyes there, gleaming, moving, be the ghost of a family, of an age, of a civilisation dancing over the grave?

The train slowed down. One after another lamps stood up; held their yellow heads erect for a second; then were felled. Up they stood again

emporgerissener Stock traf das Wappenschild über dem Kamin. Mit einem dumpfen Aufprall stürzte sie in die Asche. Das Wappen der Rashleighs fiel krachend von der Wand. Unter der Meerjungfrau, unter den Speeren lag sie begraben.

Der Sturm peitschte gegen die Fensterscheiben, Schüsse hallten im Park, ein Baum stürzte um. Und dann kam auch König Edward im Silberrahmen ins Gleiten, kippte und fiel herunter.

Der graue Nebel im Abteil war dichter geworden. Er hing dort wie ein Schleier und schien die vier Reisenden in ihren Ecken weiter auseinander zu rücken, obgleich sie so dicht beisammen saßen, wie es nur in einem Abteil dritter Klasse möglich ist. Die Wirkung war sonderbar. Die gutaussehende, obwohl nicht mehr junge, ordentlich gekleidete, obwohl recht ärmliche Frau, die in irgendeinem Bahnhof in den Midlands zugestiegen war, schien ihre Konturen zu verlieren. Ihr Körper hatte sich im Nebel aufgelöst. Nur ihre Augen leuchteten, veränderten sich, hatten ein eigenes Leben, wie es schien; Augen ohne Körper, blaugraue Augen, die Unsichtbares sahen. Sie schimmerten aus dem Dunst, bewegten sich, so daß sie in der Friedhofsatmosphäre – die Fenster waren beschlagen, um die Lampen lag im Nebel ein Lichtschein – wie tanzende Lichter wirkten, wie Irrlichter, die, so sagen die Leute, auf Kirchhöfen über die Gräber unruhig Schlafender wandern. Ein unsinniger Gedanke? Bloße Einbildung? Aber schließlich hinterläßt alles eine Spur, und die Erinnerung ist ein Licht, das im Geist noch tanzt, wenn die Wirklichkeit schon begraben ist, und warum sollten deshalb die schimmernden, sich bewegenden Augen dort nicht der Geist einer Familie, einer anderen Zeit, einer anderen Kultur sein, der über ihrem Grab tanzt?

Der Zug wurde langsamer. Laternen kamen hoch, eine um die andere, hielten sekundenlang ihre gelblichen Köpfe empor, wurden zu Fall gebracht, erhoben

as the train slid into the station. The lights massed and blazed. And the eyes in the corner? They were shut; the lids were closed. They saw nothing. Perhaps the light was too strong. And of course in the full blaze of the station lamps it was plain – she was quite an ordinary rather elderly woman, travelling to London on some quite ordinary piece of business – something connected with a cat or a horse or a dog. She reached for her suit case, rose, and took the pheasants from the rack. But did she, all the same, as she opened the carriage door and stepped out, murmur, "Chk. Chk." as she passed?

sich wieder, während der Zug in den Bahnhof glitt. Die Lichter wurden zahlreicher und strahlten. Und die Augen in der Ecke? Sie waren geschlossen, die Lider zu. Sie sahen nichts davon. Vielleicht war das Licht zu grell. Und natürlich war im hellen Schein der Bahnhofslampen klar zu sehen: sie war eine ganz einfache, schon ältere Frau, die wegen einer ganz gewöhnlichen Angelegenheit nach London reiste – wegen etwas, das mit einer Katze, einem Pferd oder einem Hund zu tun hatte. Sie griff nach ihrem Koffer, stand auf und nahm die Fasane aus dem Gepäcknetz. Aber war nicht im Vorübergehen doch ein leises «Ch-k, ch-k» zu hören, als sie die Abteiltür öffnete und ausstieg?

They were married. The wedding march pealed out. The pigeons fluttered. Small boys in Eton jackets threw rice; a fox terrier sauntered across the path; and Ernest Thorburn led his bride to the car through the small inquisitive crowd of complete strangers which always collects in London to enjoy other people's happiness or unhappiness. Certainly he looked handsome and she looked shy. More rice was thrown, and the car moved off.

That was on Tuesday. Now it was Saturday. Rosalind had still to get used to the fact that she was Mrs Ernest Thorburn. Perhaps she never would get used to the fact that she was Mrs Ernest Anybody, she thought, as she sat in the bow window of the hotel looking over the lake to the mountains, and waited for her husband to come down to breakfast. Ernest was a difficult name to get used to. It was not the name she would have chosen. She would have preferred Timothy, Antony, or Peter. He did not look like Ernest either. The name suggested the Albert Memorial, mahogany sideboards, steel engravings of the Prince Consort with his family – her mother-in-law's dining-room in Porchester Terrace in short.

But here he was. Thank goodness he did not look like Ernest – no. But what did he look like? She glanced at him sideways. Well, when he was eating toast he looked like a rabbit. Not that anyone else would have seen a likeness to a creature so diminutive and timid in this spruce, muscular young man with the straight nose, the blue eyes, and the very firm mouth. But that made it all the more amusing. His nose twitched very slightly when he ate. So did her pet rabbit's. She kept

Nun waren sie verheiratet. Der Hochzeitsmarsch ver-
hallte. Tauben flatterten. Kleine Jungen in Eton-Blazern
warfen Reis; ein Foxterrier trottete gemächlich über den
Fußweg; und Ernest Thorburn führte seine Braut zum
Wagen, durch das neugierige Grüppchen vollkommen
fremder Leute, die sich in London immer zusammen-
finden, um sich am Glück oder Unglück anderer zu er-
freuen. Er sah ohne Zweifel gut aus, und sie wirkte
schüchtern. Es wurde noch etwas Reis geworfen, dann
fuhr der Wagen davon.

Das war am Dienstag gewesen. Nun war es Samstag.
Rosalind hatte sich noch immer nicht daran gewöhnt,
daß sie nun Mrs Ernest Thorburn war. Vielleicht würde
sie sich nie daran gewöhnen, Mrs Ernest Irgendjemand
zu sein, dachte sie, als sie im Erkerzimmer des Hotels
saß, über den See zu den Bergen schaute und darauf wartete, daß ihr Mann zum Frühstück herunterkam. Es war
schwer, sich an den Namen Ernest zu gewöhnen. Das
war kein Name, den sie sich ausgesucht hätte. Timothy,
Antony oder Peter wäre ihr lieber gewesen. Er sah auch
gar nicht wie ein Ernest aus. Der Name erinnerte sie
an das Albert-Memorial, an Anrichten aus Mahagoni,
an Stahlstiche, die den Prinzgemahl mit seiner Familie
zeigten – kurz gesagt, an das Speisezimmer ihrer Schwiegermutter in der Porchester Terrace.

Jetzt kam er. Gott sei Dank sah er nicht wie ein Ernest aus – überhaupt nicht. Aber wie sah er dann aus?
Sie warf ihm einen kurzen Seitenblick zu. Nun, wenn
er Toast aß, sah er aus wie ein Kaninchen. Nicht, daß
irgendwer sonst eine Ähnlichkeit zwischen einem so
unscheinbaren, ängstlichen Wesen und diesem adretten,
muskulösen jungen Mann mit der geraden Nase, den
blauen Augen und dem energischen Mund entdeckt
hätte. Doch gerade das machte die Sache um so vergnüglicher. Beim Kauen zuckte er ein klein wenig mit der

watching his nose twitch; and then she had to explain, when he caught her looking at him, why she laughed.

"It's because you're like a rabbit, Ernest," she said. "Like a wild rabbit," she added, looking at him. "A hunting rabbit; a King Rabbit; a rabbit that makes laws for all the other rabbits."

Ernest had no objection to being that kind of rabbit, and since it amused her to see him twitch his nose – he had never known that his nose twitched – he twitched it on purpose. And she laughed and laughed; and he laughed too, so that the maiden ladies and the fishing man and the Swiss waiter in his greasy black jacket all guessed right; they were very happy. But how long does such happiness last? they asked themselves; and each answered according to his own circumstances.

At lunch time, seated on a clump of heather beside the lake, "Lettuce, rabbit?" said Rosalind, holding out the lettuce that had been provided to eat with the hard-boiled eggs. "Come and take it out of my hand," she added, and he stretched out and nibbled the lettuce and twitched his nose.

"Good rabbit, nice rabbit," she said, patting him, as she used to pat her tame rabbit at home. But that was absurd. He was not a tame rabbit, whatever he was. She turned it into French. "Lapin," she called him. But whatever he was, he was not a French rabbit.

He was simply and solely English – born at Porchester Terrace, educated at Rugby; now a clerk in His Majesty's Civil Service. So she tried "Bunny" next; but that was worse. "Bunny" was someone plump and soft and comic; he was thin and hard and serious. Still, his nose twitched. "Lappin," she exclaimed

Nase, genau wie ihr Hauskaninchen. Eine Weile beobachtete sie das Zucken seiner Nase, und als er sie dabei
ertappte, mußte sie erklären, warum sie lachte.

«Weil du wie ein Kaninchen aussiehst, Ernest», antwortete sie. «Wie ein wildes Kaninchen, wie ein Kaninchen auf der Jagd, wie ein Kaninchenkönig, der für die
anderen Kaninchen Gesetze macht.»

Ernest hatte nichts dagegen, ein solches Kaninchen zu
sein, und weil es ihr Spaß machte, seine Nase zucken zu
sehen – es war ihm nie bewußt gewesen, daß seine Nase
zuckte – tat er es nun absichtlich. Und sie lachte und
lachte; und er lachte mit, so daß die alten Jungfern und
der Angler und der Schweizer Kellner in seinem specki-
gen schwarzen Jackett alle gleich errieten, daß sie sehr
glücklich waren. Doch wie lange solches Glück wohl
anhält? fragten sie sich; und jeder von ihnen beantwor-
tete diese Frage entsprechend seiner eigenen Lebenserfah-
rung.

Zur Mittagessenszeit, als sie am Seeufer auf einem Polster aus Heidekraut saß, fragte Rosalind: «Salat, Kaninchen?» und hielt ihm die Salatblätter hin, die als Beilage
zu den hartgekochten Eiern gedacht waren. «Na komm,
friß mir aus der Hand!» sagte sie, und er beugte sich vor
und mümmelte die Salatblätter und zuckte mit der Nase.

«Braves Kaninchen, liebes Kaninchen», sagte sie und
streichelte ihn, wie sie auch ihr zahmes Kaninchen zu
Hause gestreichelt hatte. Doch das war abwegig. Was immer er war, ein zahmes Hauskaninchen war er keines-
falls. Sie sagte es auf französisch und nannte ihn «Lapin». Aber was immer er war, er war kein französisches
Kaninchen. Er war durch und durch englisch – in der
Porchester Terrace geboren, in Rugby erzogen und nun
Beamter im Staatsdienst Seiner Majestät. Also versuchte
sie es als nächstes mit «Häschen», doch das paßte noch
viel weniger. «Häschen» war etwas Rundliches, Weiches,
Drolliges; er dagegen war mager, knochig und ernst.
Immerhin, er zuckte mit der Nase. «Lappin!» rief sie

suddenly; and gave a little cry as if she had found the very word she looked for. "Lappin, Lappin, King Lappin," she repeated. It seemed to suit him exactly; he was not Ernest, he was King Lappin. Why? She did not know.

When there was nothing new to talk about on their long solitary walks – and it rained, as everyone had warned them that it would rain; or when they were sitting over the fire in the evening, for it was cold, and the maiden ladies had gone and the fishing man, and the waiter only came if you rang the bell for him, she let her fancy play with the story of the Lappin tribe. Under her hands – she was sewing; he was reading – they became very real, very vivid, very amusing. Ernest put down the paper and helped her. There were the black rabbits and the red; there were the enemy rabbits and the friendly. There were the wood in which they lived and the outlying prairies and the swamp. Above all there was King Lappin, who, far from having only the one trick – that he twitched his nose – became as the days passed an animal of the greatest character; Rosalind was always finding new qualities in him. But above all he was a great hunter.

"And what," said Rosalind, on the last day of the honeymoon, "did the King do today?"

In fact they had been climbing all day; and she had worn a blister on her heel; but she did not mean that.

"Today," said Ernest, twitching his nose as he bit the end off his cigar, "he chased a hare." He paused; struck a match, and twitched again.

"A woman hare," he added.

"A white hare!" Rosalind exclaimed, as if she had been expecting this. "Rather a small hare; silver grey; with a big bright eyes?"

plötzlich und stieß einen kleinen Schrei aus, als habe sie nun endlich das lange gesuchte Wort gefunden. «Lappin, Lappin, König Lappin», wiederholte sie. Der Name schien genau auf ihn zu passen; er war nicht Ernest, er war König Lappin. Warum? Sie wußte es nicht.

Immer wenn es auf ihren langen, einsamen Spaziergängen nichts Neues mehr zu erzählen gab, und wenn der Regen kam, den jeder ihnen vorausgesagt hatte; oder wenn sie, da es abends kalt war, am Kaminfeuer saßen; wenn die alten Jungfern und der Angler sich längst zurückgezogen hatten und der Kellner nur noch kam, wenn man nach ihm läutete, dann ließ sie in ihrer Fantasie die Geschichte von Lappins Stamm entstehen. Unter ihren Händen – sie nähte, und er las – wurden die Lappins sehr lebendig, sehr echt und sehr spaßig. Ernest legte die Zeitung beiseite und half ihr. Da waren die schwarzen und die rotbraunen Kaninchen; die feindlichen und die freundlichen. Da war der Wald, in dem sie lebten, die umliegenden Felder und der Sumpf. Vor allem aber war da König Lappin, der beileibe nicht nur die eine Angewohnheit besaß – das Nasenzucken –, sondern im Lauf der Zeit zu einem höchst charaktervollen Wesen wurde, denn Rosalind stattete ihn mit immer neuen Eigenschaften aus. Aber vor allem war er ein großer Jäger.

«Und was», erkundigte sich Rosalind am letzten Tag ihrer Hochzeitsreise, «hat der König heute gemacht?»

In Wirklichkeit hatten sie eine lange Klettertour unternommen, und sie hatte sich dabei eine Blase an der Ferse gelaufen; doch das meinte sie nicht.

«Heute», antwortete Ernest, und seine Nase zuckte, während er das Ende seiner Zigarre abbiß, «hat er einen Feldhasen gejagt.» Er hielt inne, strich ein Zündholz an, und seine Nase zuckte erneut.

«Eine Häsin», fügte er hinzu.

«Eine weiße Häsin!» rief Rosalind aus, als hätte sie es bereits geahnt. «Eine kleine Feldhäsin, silbergrau, mit großen, leuchtenden Augen?»

"Yes," said Ernest, looking at her as she had looked at him, "a smallish animal; with eyes popping out of her head, and two little front paws dangling." It was exactly how she sat, with her sewing dangling in her hands; and her eyes, that were so big and bright, were certainly a little prominent.

"Ah, Lapinova," Rosalind murmured.

"Is that what she's called?" said Ernest – "the real Rosalind?" He looked at her. He felt very much in love with her.

"Yes; that's what she's called," said Rosalind. "Lapinova." And before they went to bed that night it was all settled. He was King Lappin; she was Queen Lapinova. They were the very opposite of each other; he was bold and determined; she wary and undependable. He ruled over the busy world of rabbits; her world was a desolate, mysterious place, which she ranged mostly by moonlight. All the same, their territories touched; they were King and Queen.

Thus when they came back from their honeymoon they possessed a private world, inhabited, save for the one white hare, entirely by rabbits. No one guessed that there was such a place, and that of course made it all the more amusing. It made them feel, more even than most young married couples, in league together against the rest of the world. Often they looked slyly at each other when people talked about rabbits and woods and traps and shooting. Or they winked furtively across the table when Aunt Mary said that she could never bear to see a hare in a dish – it looked so like a baby: or when John, Ernest's sporting brother, told them what price rabbits were fetching that autumn in Wiltshire, skins and all. Sometimes when they wanted a game-

«Ja», bestätigte Ernest und schaute sie an, wie sie ihn angeschaut hatte; «ein zierliches Tier, mit hervorstehenden Knopfaugen und herabhängenden Vorderpfötchen.» Ganz genau so saß Rosalind da, mit dem baumelnden Nähzeug in den Händen, und ihre Augen, die groß und hell leuchteten, standen tatsächlich ein wenig hervor.

«Ach, Lapinova», murmelte Rosalind.

«Heißt sie so?» fragte Ernest − «die wirkliche Rosalind?» Er schaute sie an und fühlte, wie sehr er sie liebte.

«Ja, so heißt sie», bestätigte Rosalind. «Lapinova.» Und noch bevor sie an diesem Abend zu Bett gingen, war alles genau festgelegt: Er war König Lappin, sie war Königin Lapinova. Sie waren völlig gegensätzlich: er kühn und entschlossen, sie vorsichtig und launenhaft. Er herrschte über die geschäftige Welt der Kaninchen; ihre Welt war ein verlassenes, geheimnisvolles Land, das sie meist bei Mondschein durchstreifte. Gleichwohl grenzten ihre Reviere aneinander: sie waren König und Königin.

So besaßen sie also, als sie von ihrer Hochzeitsreise zurückkehrten, ihre eigene Welt, die, abgesehen von der einen weißen Häsin, nur von Kaninchen bevölkert war. Niemand sonst ahnte, daß es einen solchen Ort gab, doch das machte die Sache natürlich um so vergnüglicher. Mehr noch als andere jungverheiratete Paare fühlten sie sich dadurch gegen den Rest der Welt verbündet. Oft, wenn von Kaninchen, Wäldern, Fallen oder von der Jagd die Rede war, tauschten sie vielsagende Blicke. Oder sie zwinkerten einander über den Tisch hinweg verstohlen zu, wenn Tante Mary erklärte, sie könne es nicht ertragen, einen Hasen in einer Bratschüssel zu sehen, weil er dann wie ein Baby aussähe; oder wenn John, Ernests sportbegeisterter Bruder, ihnen erzählte, welche Preise man für Kaninchen und ihre Felle diesen Herbst in Wiltshire erzielen konnte. Manchmal, wenn sie für ihr Spiel

keeper, or a poacher or a Lord of the Manor, they amused themselves by distributing the parts among their friends. Ernest's mother, Mrs Reginald Thorburn, for example, fitted the part of the Squire to perfection. But it was all secret – that was the point of it; nobody save themselves knew that such a world existed.

Without that world, how, Rosalind wondered, that winter could she have lived at all? For instance, there was the golden-wedding party, when all the Thorburns assembled at Porchester Terrace to celebrate the fiftieth anniversary of that union which had been so blessed – had it not produced Ernest Thorburn? and so fruitful – had it not produced nine other sons and daughters into the bargain, many themselves married and also fruitful? She dreaded that party. But it was inevitable. As she walked upstairs she felt bitterly that she was an only child and an orphan at that; a mere drop among all those Thorburns assembled in the great drawing-room with the shiny satin wallpaper and the lustrous family portraits. The living Thorburns much resembled the painted; save that instead of painted lips they had real lips; out of which came jokes; jokes about schoolrooms, and how they had pulled the chair from under the governess; jokes about frogs and how they had put them between the virgin sheets of maiden ladies. As for herself, she had never even made an apple-pie bed. Holding her present in her hand she advanced toward her mother-in-law sumptuous in yellow satin; and toward her father-in-law decorated with a rich yellow carnation. All round them on tables and chairs there were golden tributes; some nestling in cotton wool; others branching resplendent – candlesticks; cigar boxes; chains; each stamped with the goldsmith's

einen Wildhüter, einen Wilddieb oder einen Gutsbesitzer brauchten, machten sie sich einen Spaß daraus, diese Rollen mit ihren Freunden zu besetzen. Ernests Mutter, Mrs Reginald Thorburn, eignete sich beispielsweise vorzüglich für den Part des Squire. All das blieb jedoch geheim, denn gerade darauf kam es an; und niemand außer ihnen wußte von der Existenz dieser Welt.

Wie, fragte sich Rosalind, hätte sie ohne diese Welt den Winter überstanden? Da war zum Beispiel das Fest der goldenen Hochzeit, zu dem alle Thorburns in die Porchester Terrace kamen, um den fünfzigsten Jahrestag jenes Bündnisses zu feiern, das so segensreich gewesen war, hatte es doch Ernest Thorburn hervorgebracht; und so fruchtbar, denn es waren neun weitere Söhne und Töchter daraus hervorgegangen, viele wiederum verheiratet und ebenfalls fruchtbar. Rosalind fürchtete sich vor diesem Fest, aber es gab kein Ausweichen. Als sie die Treppe hinaufstieg, wurde ihr schmerzlich bewußt, daß sie ein Einzelkind war und noch dazu eine Waise; nur ein Tröpfchen unter all diesen Thorburns, die sich in der großen Galerie mit den schimmernden Seidentapeten und den prächtigen Familienporträts versammelt hatten. Die lebenden Thorburns unterschieden sich kaum von denen auf den Gemälden; außer, daß sie anstelle der gemalten Münder lebendige Münder hatten, aus denen spaßige Geschichten kamen: Schulstubengeschichten und wie sie einmal der Hauslehrerin den Stuhl wegzogen; oder von Fröschen, die sie in die frische Bettwäsche alter Jungfern gesteckt hatten. Sie selbst hatte nicht einmal jemandem heimlich die Laken zusammengeknotet. Mit ihrem Geschenk in der Hand ging sie auf ihre Schwiegermutter zu, die üppig in gelben Satin gehüllt war, und auf ihren Schwiegervater, den eine prächtige gelbe Nelke zierte. Rings herum auf Tischen und Stühlen lagen Gaben aus Gold. Manche in Watte gebettet, andere funkelnd ausgebreitet; Kerzenhalter, Zigarrenkästchen, Halsketten – jedes Stück mit einem Feinge-

proof that it was solid gold, hall-marked, authentic. But her present was only a little pinchbeck box pierced with holes; an old sand caster, an eighteenthcentury relic, once used to sprinkle sand over wet ink. Rather a senseless present she felt – in an age of blotting paper; and as she proffered it, she saw in front of her the stubby black handwriting in which her mother-in-law when they were engaged had expressed the hope that "My son will make you happy". No, she was not happy. Not at all happy. She looked at Ernest, straight as a ramrod with a nose like all the noses in the family portraits; a nose that never twitched at all.

Then they went down to dinner. She was half hidden by the great chrysanthemums that curled their red and gold petals into large tight balls. Everything was gold. A gold-edged card with gold initials intertwined recited the list of all the dishes that would be set one after another before them. She dipped her spoon in a plate of clear golden fluid. The raw white fog outside had been turned by the lamps into a golden mesh that blurred the edges of the plates and gave the pineapples a rough golden skin. Only she herself in her white wedding dress peering ahead of her with her prominent eyes seemed insoluble as an icicle.

As the dinner wore on, however, the room grew steamy with heat. Beads of perspiration stood out on the men's foreheads. She felt that her icicle was being turned to water. She was being melted; dispersed; dissolved into nothingness; and would soon faint. Then through the surge in her head and the din in her ears she heard a woman's voice exclaim, "But they breed so!"

haltstempel des Goldschmieds, als Beweis für echtes, pures Gold. Ihr Geschenk dagegen war nur ein kleines Talmi-Döschen mit Löchern darin; eine alte Sandbüchse, ein Stück aus dem achtzehnten Jahrhundert, mit dem man früher Sand über feuchte Tinte gestreut hatte. Ein ziemlich nutzloses Geschenk, fand sie – heute, im Zeit-alter des Löschpapiers; und als sie es überreichte, sah sie im Geist die gedrungene schwarze Handschrift ihrer Schwiegermutter, in der diese zu ihrer Verlobung die Hoffnung geäußert hatte, «daß mein Sohn Sie glücklich machen wird.» Nein, glücklich war sie nicht. Keineswegs glücklich. Sie beobachtete Ernest, der steif wie ein Stock dastand und genau die gleiche Nase hatte wie die Ahnen auf den Familienporträts: eine Nase, die niemals zuckte.

Dann gingen sie hinunter zum Diner. Sie saß halb versteckt hinter den großen Chrysanthemen, deren rot-goldene Blütenblätter sich zu großen, dichten Kugeln kräuselten. Alles war golden. Eine goldgeränderte Karte mit verschlungenen Goldinitialen gab die Abfolge der Gerichte bekannt, die man ihnen, eines nach dem an-deren, vorsetzen würde. Sie tauchte ihren Löffel in einen Teller mit klarer, goldgelber Flüssigkeit. Der naßkalte weiße Nebel draußen war von den Lampen in ein golde-nes Netz verwandelt worden, das die Tellerränder ver-schwimmen ließ und die Ananas mit einer rauhen gol-denen Schale überzog. Nur sie selbst in ihrem weißen Hochzeitskleid sah mit ihren hervorstehenden Augen vor sich hin und fühlte sich wie ein Eiszapfen, der nicht schmelzen kann.

Im Laufe des Diners jedoch begann der Raum vor Hitze zu dampfen. Den Männern traten Schweißperlen auf die Stirn. Sie spürte, wie ihr Eis allmählich zu Wasser wurde. Sie zerschmolz, floß auseinander, löste sich in ein Nichts auf; bald würden ihr die Sinne schwinden. Und dann hörte sie durch das Rauschen in ihrem Kopf und das Tosen in ihren Ohren eine Frauenstimme rufen: «Aber wie sie sich vermehren!»

The Thorburns – yes; they breed so, she echoed; looking at all the round red faces that seemed doubled in the giddiness that overcame her; and magnified in the gold mist that enhaloed them. "They breed so." Then John bawled:

"Little devils!... Shoot 'em! Jump on 'em with big boots! That's the only way to deal with 'em ... rabbits!"

At that word, that magic word, she revived. Peeping between the chrysanthemums she saw Ernest's nose twitch. It rippled, it ran with successive twitches. And at that a mysterious catastrophe befell the Thorburns. The golden table became a moor with the gorse in full bloom; the din of voices turned to one peal of lark's laughter ringing down from the sky. It was a blue sky – clouds passed slowly. And they had all been changed – the Thorburns. She looked at her father-in-law, a furtive little man with dyed moustaches. His foible was collecting things – seals, enamel boxes, trifles from eighteenth-century dressing tables which he hid in the drawers of his study from his wife. Now she saw him as he was – a poacher, stealing off with his coat bulging with pheasants and partridges to drop them stealthily into a three-legged pot in his smoky little cottage. That was her real father-in-law – a poacher.

And Celia, the unmarried daughter, who always nosed out other people's secrets, the little things they wished to hide – she was a white ferret with pink eyes, and a nose clotted with earth from her horrid underground nosings and pokings. Slung round men's shoulders, in a net, and thrust down a hole – it was a pitiable life – Celia's; it was none of her fault. So she saw Celia. And then she looked at her

Die Thorburns – ja, wie sie sich vermehren, wiederholte sie und sah die runden, rosigen Gesichter, die sich, als ihr schwindlig wurde, zu verdoppeln schienen und in dem goldenen Nebel, der sie einhüllte, noch größer aussahen. «Wie sie sich vermehren.» Da grölte John:

«Die kleinen Mistviecher!... Totschießen!... Mit den Stiefeln zertrampeln! Etwas anderes verdienen die nicht, diese... Kaninchen!»

Bei diesem Wort, diesem magischen Wort, kam sie wieder zu sich. Verstohlen blinzelte sie zwischen den Chrysanthemen hindurch und sah Ernests Nase zucken. Sie kräuselte sich, zuckte mehrmals hintereinander. In diesem Augenblick wurden die Thorburns von einer geheimnisvollen Verwandlung erfaßt: Die goldene Tafel wurde zu einer Heide mit üppig blühendem Stechginster; das Stimmengewirr verwandelte sich in ein vielstimmiges Lerchenlachen, das vom Himmel heruntertönte. Der Himmel war blau, Wolken zogen langsam dahin. Alle waren verwandelt – alle Thorburns. Rosalind sah ihren Schwiegervater an, einen verschlagenen kleinen Mann mit gefärbtem Schnurrbart. Er hatte eine Schwäche für Sammeln – Siegel, Emaildöschen, Kleinigkeiten von Frisiertischen aus dem achtzehnten Jahrhundert, die er vor seiner Frau in den Schubladen seines Arbeitszimmers versteckte. Nun sah sie, was er war: ein Wilddieb, der sich davonstiehlt, den Mantel prall gefüllt mit Fasanen und Rebhühnern, um sie in seiner verräucherten kleinen Hütte heimlich in einen dreibeinigen Kessel zu werfen. Das war ihr wirklicher Schwiegervater – ein Wilddieb! Und Celia, die unverheiratete Tochter, die immer die Geheimnisse anderer Leute ausschnüffelte, den Kleinkram, den man lieber im Verborgenen ließ, die war ein weißes Frettchen mit roten Augen und einer Nase, an der noch Erde von ihren gemeinen unterirdischen Stöbereien klebte. In einem Netz über der Schulter des Jägers getragen und dann in ein dunkles Loch gesteckt zu werden – Celias Leben war bedauernswert, und es war

mother-in-law – whom they dubbed The Squire. Flushed, coarse, a bully – she was all that, as she stood returning thanks, but now that Rosalind – that is Lapinova – saw her, she saw behind her the decayed family mansion, the plaster peeling off the walls, and heard her, with a sob in her voice, giving thanks to her children (who hated her) for a world that had ceased to exist. There was a sudden silence. They all stood with their glasses raised; they all drank; then it was over.

"Oh, King Lappin!" she cried as they went home together in the fog, "if your nose hadn't twitched just at that moment, I should have been trapped!"

"But you're safe," said King Lappin, pressing her paw.

"Quite safe," she answered.

And they drove back through the Park, King and Queen of the marsh, of the mist, and of the gorse-scented moor.

Thus time passed; one year; two years of time. And on a winter's night, which happened by a coincidence to be the anniversary of the golden-wedding party – but Mrs Reginald Thorburn was dead; the house was to let; and there was only a caretaker in residence – Ernest came home from the office. They had a nice little home; half a house above a saddler's shop in South Kensington, not far from the tube station. It was cold, with fog in the air, and Rosalind was sitting over the fire, sewing.

"What d'you think happened to me today?" she began as soon as he had settled himself down with his legs stretched to the blaze. "I was crossing the stream when –"

"What stream?" Ernest interrupted her.

nicht einmal ihre Schuld. So sah Celia sie. Dann schaute sie auf ihre Schwiegermutter, die sie heimlich «den Squire» nannten. Rotgesichtig, derb und herrschsüchtig stand sie da und nahm die Gratulationen entgegen; doch jetzt sah Rosalind – vielmehr Lapinova – hinter ihr den verfallenen Familiensitz mit dem bröckelnden Putz und hörte die Schwiegermutter mit Tränen in der Stimme ihren Kindern (die sie haßten) für eine Welt danken, die es längst nicht mehr gab. Plötzlich wurde es still. Mit erhobenen Gläsern standen alle da; sie tranken, dann war es vorbei.

«Oh, König Lappin!», rief sie, als sie durch den Nebel nach Hause gingen, «wenn du nicht genau im richtigen Augenblick mit der Nase gezuckt hättest, hätte ich in der Falle gesessen!»

«Aber jetzt bist du in Sicherheit», sagte König Lappin und ergriff ihr Pfötchen.

«Ja, in Sicherheit», antwortete sie.

Sie fuhren durch den Park nach Hause, der König und die Königin des Sumpflandes, des Nebels und der nach Stechginster duftenden Heide.

So verging die Zeit: ein Jahr, ein zweites. Und eines Winterabends, zufällig am Jahrestag jener goldenen Hochzeit – aber Mrs Reginald Thorburn war nun tot, das Haus war zu vermieten und wurde nur von einem Hausmeister bewohnt – kam Ernest aus dem Büro nach Hause.

Sie hatten ein gemütliches kleines Heim, eine Doppelhaushälfte über einem Sattlerladen in South Kensington, nicht weit von der nächsten U-Bahnstation. Es war kalt, Nebel hing in der Luft, und Rosalind saß am Kamin und nähte.

«Stell dir vor, was ich heute erlebt habe!» fing sie an, sobald er es sich mit ausgestreckten Beinen vor dem Feuer bequem gemacht hatte. «Ich überquerte gerade den Fluß, als...»

«Welchen Fluß?» unterbrach Ernest sie.

"The stream at the bottom, where our wood meets the black wood," she explained.

Ernest looked completely blank for a moment.

"What the deuce are you talking about?" he asked.

"My dear Ernest!" she cried in dismay. "King Lappin," she added, dangling her little front paws in the firelight. But his nose did not twitch. Her hands – they turned to hands – clutched the stuff she was holding; her eyes popped half out of her head. It took him five minutes at least to change from Ernest Thorburn to King Lappin; and while she waited she felt a load on the back of her neck, as if somebody were about to wring it. At last he changed to King Lappin; his nose twitched; and they spent the evening roaming the woods much as usual.

But she slept badly. In the middle of the night she woke, feeling as if something strange had happened to her. She was stiff and cold. At last she turned on the light and looked at Ernest lying beside her. He was sound asleep. He snored. But even though he snored, his nose remained perfectly still. It looked as if it had never twitched at all. Was it possible that he was really Ernest; and that she was really married to Ernest? A vision of her mother-in-law's dining-room came before her; and there they sat, she and Ernest, grown old, under the engravings, in front of the sideboard.... It was their golden-wedding day. She could not bear it.

"Lappin, King Lappin!" she whispered, and for a moment his nose seemed to twitch of its own accord. But he still slept. "Wake up, Lappin, wake up!" she cried.

Ernest woke; and seeing her sitting bolt upright beside him he asked:

«Den Fluß dort unten, wo unser Wald an den Schwarzen Wald grenzt», erklärte sie.

Ernest starrte sie einen Augenblick lang ganz verständnislos an.

«Wovon in aller Welt redest du denn?» fragte er.

«Aber, liebster Ernest!» rief sie bestürzt. «König Lappin», fügte sie hinzu und ließ ihre Vorderpfötchen im Feuerschein baumeln. Doch seine Nase zuckte nicht. Ihre Hände – sie wurden wieder zu Händen – umklammerten den Stoff, an dem sie nähte; ihre Augen traten aus ihrem Kopf hervor. Es dauerte mindestens fünf Minuten, bis Ernest Thorburn sich in König Lappin verwandelt hatte, und während sie darauf wartete, spürte sie einen Druck im Nacken, so als ob ihr jemand das Genick brechen wollte. Doch schließlich war er wieder König Lappin; seine Nase zuckte, und sie verbrachten den Abend mit Streifzügen in ihren Wäldern, ganz wie früher.

Aber sie schlief unruhig. Mitten in der Nacht wachte sie mit dem Gefühl auf, es sei ihr etwas Seltsames widerfahren. Sie war ganz steif und fror. Schließlich machte sie Licht und sah Ernest an, der neben ihr lag. Er schlief fest und schnarchte. Doch obwohl er schnarchte, blieb seine Nase vollkommen reglos. Die Nase sah aus, als hätte sie überhaupt nie gezuckt.

War das wirklich Ernest? Und war sie wirklich mit diesem Ernest verheiratet? Sie sah das Speisezimmer ihrer Schwiegermutter vor sich; und dort saßen sie beide, sie und Ernest, alt geworden, unter den Stahlstichen, vor der Anrichte... Es war der Tag ihrer eigenen goldenen Hochzeit. Sie hielt es nicht aus.

«Lappin, König Lappin!» flüsterte sie, und für einen Augenblick schien seine Nase ganz von selbst zucken zu wollen. Doch er schlief weiter. «Wach auf, Lappin, wach auf!» rief sie.

Ernest wachte auf, und als er sie kerzengerade neben sich im Bett sitzen sah, fragte er:

"What's the matter?"

"I thought my rabbit was dead!" she whimpered. Ernest was angry.

"Don't talk such rubbish, Rosalind," he said. "Lie down and go to sleep."

He turned over. In another moment he was sound asleep and snoring.

But she could not sleep. She lay curled up on her side of the bed, like a hare in its form. She had turned out the light, but the street lamp lit the ceiling faintly, and the trees outside made a lacy network over it as if there were a shadowy grove on the ceiling in which she wandered, turning, twisting, in and out, round and round, hunting, being hunted, hearing the bay of hounds and horns; flying, escaping... until the maid drew the blinds and brought their early tea.

Next day she could settle to nothing. She seemed to have lost something. She felt as if her body had shrunk; it had grown small, and black and hard. Her joints seemed stiff too, and when she looked in the glass, which she did several times as she wandered about the flat, her eyes seemed to burst out of her head, like currants in a bun. The rooms also seemed to have shrunk. Large pieces of furniture jutted out at odd angles and she found herself knocking against them. At last she put on her hat und went out. She walked along the Cromwell Road; and every room she passed and peered into seemed to be a dining-room where people sat eating under steel engravings, with thick yellow lace curtains, and mahogany sideboards. At last she reached the Natural History Museum; she used to like it when she was a child. But the first thing she saw when she went in was a stuffed hare standing on sham snow with pink

«Was ist denn los?»

«Ich hatte Angst, mein Kaninchen wäre tot!» wimmerte sie. Ernest war ärgerlich.

«Red keinen Unsinn, Rosalind», sagte er. «Leg dich hin und schlaf weiter.»

Er drehte sich zur Wand. Gleich darauf war er wieder fest eingeschlafen und schnarchte.

Doch sie konnte nicht schlafen. Zusammengerollt lag sie auf ihrer Seite des Bettes wie ein Hase in seinem Lager. Das Licht hatte sie gelöscht, doch die Straßenlaterne warf einen schwachen Schimmer durch die Äste vor dem Fenster und zeichnete auf der Zimmerdecke ein verschlungenes Muster, einen schattigen Hain, in dem sie umherlief, sich drehte und wendete, hinein und hinaus, immer im Kreis herum, auf der Jagd und auf der Flucht, mit Hundegebell und Hörnerklang im Ohr, fliehend, davonlaufend... bis das Dienstmädchen die Fensterläden öffnete und den Morgentee brachte.

Am nächsten Tag konnte sie sich auf nichts konzentrieren. Es war, als hätte sie etwas verloren, als wäre ihr Körper geschrumpft; als sei er kleiner geworden, dunkel und hart. Ihre Gelenke waren steif, und jedesmal, wenn sie beim Herumirren in der Wohnung ihr Spiegelbild erblickte, schienen ihre Augen aus dem Kopf zu quellen wie Rosinen aus einem Rosinenkuchen. Die Zimmer schienen ebenfalls geschrumpft zu sein. Sperrige Möbelstücke ragten in ungewohnten Winkeln in den Raum, so daß sie ständig dagegenstieß. Schließlich setzte sie ihren Hut auf und ging aus dem Haus. Sie lief die Cromwell Road entlang, und jedes Zimmer, an dem sie vorbeiging und in das sie hineinspähte, schien ein Speisezimmer mit schweren gelben Spitzenvorhängen und Mahagonianrichten zu sein, in dem Menschen unter Stahlstichen beim Essen saßen. Zuletzt erreichte sie das Naturkundemuseum, das sie als Kind immer gerne besucht hatte. Aber das erste, was sie dort sah, war ein ausgestopfter Hase mit rötlichen Glasaugen, der sich im künstlichen Schnee

glass eyes. Somehow it made her shiver all over. Perhaps it would be better when dusk fell. She went home and sat over the fire, without a light, and tried to imagine that she was out alone on a moor; and there was a stream rushing; and beyond the stream a dark wood. But she could get no further than the stream. At last she squatted down on the bank on the wet grass, and sat crouched in her chair, with her hands dangling empty, and her eyes glazed, like glass eyes, in the firelight. Then there was the crack of a gun... She started as if she had been shot. It was only Ernest, turning his key in the door. She waited, trembling. He came in and switched on the light. There he stood tall, handsome, rubbing his hands that were red with cold.

"Sitting in the dark?" he said.

"Oh, Ernest, Ernest!" she cried, starting up in her chair.

"Well, what's up now?" he asked briskly, warming his hands at the fire.

"It's Lapinova..." she faltered, glancing wildly at him out of her great startled eyes. "She's gone, Ernest. I've lost her!"

Ernest frowned. He pressed his lips tight together. "Oh, that's what's up, is it?" he said, smiling rather grimly at his wife. For ten seconds he stood there, silent; and she waited, feeling hands tightening at the back of her neck.

"Yes," he said at length. "Poor Lapinova..." He straightened his tie at the looking-glass over the mantelpiece.

"Caught in a trap," he said, "killed," and sat down and read the newspaper.

So that was the end of that marriage.

aufrichtete. Der Anblick jagte ihr einen Schauer über den Rücken. Vielleicht würde das in der Dämmerung wieder vergehen. Sie ging nach Hause und setzte sich ans Kaminfeuer, ohne Licht, und versuchte sich vorzustellen, sie sei allein auf der Heide unterwegs. Da war ein rauschender Fluß, und auf der anderen Seite des Flusses ein finsterer Wald. Aber über den Fluß kam sie nicht hinaus. Schließlich hockte sie sich in das feuchte Gras am Ufer; sie kauerte in ihrem Sessel mit leeren, herabhängenden Händen, ihre Augen waren glasig, wie Glasaugen, im Schein des Kaminfeuers. Dann krachte ein Gewehrschuß... Sie zuckte zusammen, als wäre sie getroffen. Es war nur Ernest, der den Schlüssel im Schloß umdrehte. Sie wartete zitternd. Er trat ein und machte Licht. Da stand er, groß und stattlich, und rieb sich die rotgefrorenen Hände.

«Du sitzt im Dunkeln?» fragte er.

«Ach, Ernest, Ernest!» rief sie und richtete sich in ihrem Sessel auf.

«Na, was gibt es denn?» fragte er energisch, während er sich die Hände am Feuer wärmte.

«Es ist wegen Lapinova...» stammelte sie und sah ihn verzweifelt aus großen, erschrockenen Augen an. «Sie ist fort, Ernest, ich habe sie verloren!»

Ernest runzelte die Stirn und preßte die Lippen fest zusammen. «So, das ist es also?» sagte er und sah seine Frau mit einem grimmigen Lächeln an. Zehn Sekunden lang stand er schweigend da; und sie wartete und spürte, wie sich der Griff in ihrem Nacken immer fester schloß.

«Ja», sagte er schließlich. «Arme Lapinova...» Er rückte seine Krawatte vor dem Spiegel über dem Kaminsims zurecht.

«In die Falle geraten», sagte er, «tot.» Dann setzte er sich und begann die Zeitung zu lesen.

Das also war das Ende dieser Ehe.

Perhaps it was the middle of January in the present year that I first looked up and saw the mark on the wall. In order to fix a date it is necessary to remember what one saw. So now I think of the fire; the steady film of yellow light upon the page of my book; the three chrysanthemums in the round glass bowl on the mantelpiece. Yes, it must have been the winter time, and we had just finished our tea, for I remember that I was smoking a cigarette when I looked up and saw the mark on the wall for the first time. I looked up through the smoke of my cigarette and my eye lodged for a moment upon the burning coals, and that old fancy of the crimson flag flapping from the castle tower came into my mind, and I thought of the cavalcade of red knights riding up the side of the black rock. Rather to my relief the sight of the mark interrupted the fancy, for it is an old fancy, an automatic fancy, made as a child perhaps. The mark was a small round mark, black upon the white wall, about six or seven inches above the mantelpiece.

How readily our thoughts swarm upon a new object, lifting it a little way, as ants carry a blade of straw so feverishly, and then leave it... If that mark was made by a nail, it can't have been for a picture, it must have been for a miniature – the miniature of a lady with white powdered curls, powder-dusted cheeks, and lips like red carnations. A fraud of course, for the people who had this house before us would have chosen pictures in that way – an old picture for an old room. That is the sort of people they were – very interesting people, and I think of them so often, in such queer places, because one will never see

Das Mal an der Wand

Es war ungefähr Mitte Januar dieses Jahres, da fiel mir, als ich einmal aufsah, das Mal an der Wand auf. Um zu bestimmen, wann sich etwas ereignet hat, muß man sich an das erinnern, was man damals sah. Deshalb denke ich jetzt an das Kaminfeuer, an den gleichmäßigen gelblichen Lichtschleier auf der Seite meines Buches, an die drei Chrysanthemen in der gläsernen Kugelvase auf dem Kaminsims. Ja, es muß Winter gewesen sein, und wir hatten gerade unseren Tee beendet, denn ich weiß noch, daß ich eine Zigarette rauchte, als ich aufsah und das Mal an der Wand bemerkte. Ich sah durch den Rauch meiner Zigarette auf, mein Blick blieb einen Moment an der Kohlenglut im Kamin haften, und vor mir entstand wieder das Traumbild einer roten Fahne, die über einem Burgturm weht: Ich stellte mir einen Trupp rot gekleideter Ritter vor, die seitlich an einem schwarzen Felsen hinaufreiten. Ich war erleichtert, als mich der Anblick dieses Mals aus meiner Träumerei riß, denn es ist eine Träumerei, die mich schon lange, vielleicht seit meiner Kindheit verfolgt, und die sich ganz von allein einstellt. Das Mal war klein und rund, schwarz auf der weißen Wand, etwa sechs oder sieben Zoll über dem Kaminsims.

Wie gern lassen sich unsere Gedanken auf einem neuen Gegenstand nieder, tragen ihn ein Stück weit wie Ameisen, die emsig einen Strohhalm schleppen, und dann lassen sie ihn wieder liegen... Wenn dieses Mal von einem Nagel stammt, dann hing an diesem Nagel aber kein großes Bild, sondern eine Miniatur – die Miniatur einer Dame mit weiß gepuderten Locken, puderbestäubten Wangen und Lippen wie rote Nelken. Kein Erbstück natürlich; die vorigen Besitzer dieses Hauses suchten sich Bilder einfach so aus: ein antikes Bild für ein antik eingerichtetes Zimmer. So waren sie eben – dabei waren es sehr interessante Leute, und ich muß oft an sie denken, an den sonderbarsten Orten, denn wir werden sie nie wie-

them again, never know what happened next. They wanted to leave this house because they wanted to change their style of furniture, so he said, and he was in process of saying that in his opinion art should have ideas behind it when we were torn asunder, as one is torn from the old lady about to pour out tea and the young man about to hit the tennis ball in the back garden of the suburban villa as one rushes past in the train.

But as for that mark, I'm not sure about it; I don't believe it was made by a nail after all; it's too big, too round, for that. I might get up, but if I got up and looked at it, ten to one I shouldn't be able to say for certain; because once a thing's done, no one ever knows how it happened. Oh! dear me, the mystery of life! The inaccuracy of thought! The ignorance of humanity! To show how very little control of our possessions we have – what an accidental affair this living is after all our civilisation – let me just count over a few of the things lost in one lifetime, beginning, for that seems always the most mysterious of losses – what cat would gnaw, what rat would nibble – three pale blue canisters of book-binding tools? Then there were the bird cages, the iron hoops, the steel skates, the Queen Anne coal-scuttle, the bagatelle board, the hand organ – all gone, and jewels too.

Opals and emeralds, they lie about the roots of turnips. What a scraping paring affair it is to be sure! The wonder is that I've any clothes on my back, that I sit surrounded by solid furniture at this moment. Why, if one wants to compare life to anything, one must liken it to being blown through the Tube at fifty miles an hour – landing at the other end without a single

dersehen, nie erfahren, was aus ihnen wurde. Sie wollten aus diesem Haus ausziehen, weil sie, wie er sagte, den Stil ihrer Einrichtung zu ändern beabsichtigten, und gerade wollte er noch hinzufügen, daß Kunstwerke seiner Meinung nach eine Idee verkörpern sollten, da wurden wir auseinandergerissen, so wie man von der alten Dame weggerissen wird, die gerade Tee eingießen möchte, oder von dem jungen Mann im Garten hinter der Vorstadtvilla, der in dem Augenblick einen Tennisball zurückschlagen will, als man im Zug vorüberbraust.

Aber was dieses Mal betrifft: Ich bin mir da nicht sicher. Ich glaube doch nicht, daß es von einem Nagel herrührt. Dafür ist es zu groß und zu rund. Natürlich könnte ich aufstehen und es mir näher ansehen, aber ich wette zehn zu eins, daß ich dann auch nicht klüger wäre, denn wenn etwas erst mal geschehen ist, kann niemand mehr sagen, wie es dazu kam. Du liebe Güte, diese Rätselhaftigkeit des Lebens, diese Ungenauigkeit des Denkens! Diese Unwissenheit der Menschen! Um zu zeigen, wie wenig wir Herr über unseren Besitz sind, wie sehr dieses Leben trotz aller Zivilisation von Zufällen abhängt, will ich nur ein paar Dinge aufzählen, die ich im Lauf meines Lebens verloren habe, angefangen mit drei hellblauen Dosen mit Buchbinderutensilien (das war der unerklärlichste aller Verluste, denn welche Katze würde schon an ihnen knabbern, welche Ratte sie annagen). Dann waren da die Vogelkäfige, die eisernen Reifen, die Schlittschuhe, der Kohleneimer aus der Zeit Königin Annas, das Tivoli-Spielbrett, die Drehorgel – alles verschwunden, ebenso wie die Schmuckstücke. Opale und Smaragde: sie liegen jetzt bei den Steckrüben unter der Erde. Wie wird man doch verschlissen und abgeschürft! Ein Wunder, daß ich noch Kleider am Leib habe, daß ich noch von stabilen Möbeln umgeben bin! Wollte man mit einem Vergleich ausdrücken, wie das Leben ist, dann müßte man sagen, es ist, wie wenn man mit fünfzig Meilen pro Stunde durch einen U-Bahntunnel gepustet wird, so daß man

hairpin in one's hair! Shot out at the feet of God entirely naked! Tumbling head over heels in the asphodel meadows like brown paper parcels pitched down a shoot in the post office! With one's hair flying back like the tail of a racehorse. Yes, that seems to express the rapidity of life, the perpetual waste and repair; all so casual, all so haphazard...

But after life. The slow pulling down of thick green stalks so that the cup of the flower, as it turns over, deluges one with purple and red light. Why, after all, should one not be born there as one is born here, helpless, speechless, unable to focus one's eyesight, groping at the roots of the grass, at the toes of the Giants? As for saying which are trees, and which are men and women, or whether there are such things, that one won't be in a condition to do for fifty years or so. There will be nothing but spaces of light and dark, intersected by thick stalks, and rather higher up perhaps, rose-shaped blots of an indistinct colour – dim pinks and blues – which will, as time goes on, become more definite, become – I don't know what...

And yet that mark on the wall is not a hole at all. It may even be caused by some round black substance, such as a small rose leaf, left over from the summer, and I, not being a very vigilant housekeeper – look at the dust on the mantelpiece, for example, the dust which, so they say, buried Troy three times over, only fragments of pots utterly refusing annihilation, as one can believe.

The tree outside the window taps very gently on the pane... I want to think quietly, calmly, spaciously, never to be interrupted, never to have to rise from my chair, to slip easily from one

hinterher keine einzige Klammer mehr im Haar hat! Splitternackt zu Gottes Füßen herausgeschossen kommt! Hals über Kopf auf die elysischen Felder purzelt wie ein Päckchen, das über die Rutsche im Postamt gesaust ist! Während die Haare nach hinten wehen wie der Schweif eines Rennpferdes. Ja, das scheint mir die Schnelligkeit des Lebens auszudrücken, die andauernde Zerstörung und Erneuerung. Alles ist so beiläufig, so zufällig...

Aber nach dem Leben. Das langsame Herniederziehen dicker grüner Stengel, so daß der Blütenkelch, indem er sich neigt, einen mit violettem und rotem Licht überflutet. Warum auch sollte man dort nicht genauso geboren werden wie hier, hilflos, sprachlos, unfähig, den Blick zu konzentrieren, an den Graswurzeln, den Zehen der Riesen umhertappend? Festzustellen, was Bäume und was Männer und Frauen sind und ob es dergleichen überhaupt gibt – dazu wird man erst in etwa fünfzig Jahren in der Lage sein.

Da wird nichts sein außer hellen und dunklen Räumen, durchschnitten von dicken Stengeln, und ganz weit oben vielleicht rosenförmige Flecken von unbestimmbarer Farbe – verschwommenes Rosa und Blau –, aber im Laufe der Zeit werden sie deutlicher, werden – ich weiß nicht, was...

Und doch ist dieses Mal an der Wand gar kein Loch. Möglicherweise handelt es sich eher um ein rundes, schwarzes Etwas, ein kleines Rosenblatt zum Beispiel, das noch vom Sommer her da ist, und weil ich keine besonders aufmerksame Hausfrau bin... Sieh dir zum Beispiel nur mal den Staub auf dem Kaminsims an. Dieser Staub, heißt es, hat Troja dreimal unter sich begraben, lauter Überreste von Tonzeug, das der Vernichtung widerstanden hat, wie ich gerne glauben will.

Der Baum vor dem Fenster pocht ganz leise an die Scheibe... Ich möchte still nachdenken, in Ruhe, weit ausholend, nie gestört werden, nie von meinem Stuhl aufstehen müssen, leicht von einem Gegenstand zum an-

thing to another, without any sense of hostility, or obstacle. I want to sink deeper and deeper, away from the surface, with its hard separate facts. To steady myself, let me catch hold of the first idea that passes... Shakepeare.... Well, he will do as well as another. A man who sat himself solidly in an arm-chair, and looked into the fire, so – A shower of ideas fell perpetually from some very high Heaven down through his mind. He leant his forehead on his hand, and people, look-ing in through the open door – for this scene is supposed to take place on a summer's evening – But how dull this is, this historical fiction! It doesn't interest me at all! I wish I could hit upon a pleasant track of thought, a track indirectly reflecting credit upon myself, for those are the pleasantest thoughts, and very frequent even in the minds of modest mouse-coloured people, who believe genuinely that they dislike to hear their own praises. They are not thoughts directly praising oneself; that is the beauty of them; they are thoughts like this:

"And then I came into the room. They were discussing botany. I said how I'd seen a flower growing on a dust heap on the site of an old house in Kingsway. The seed, I said, must have been sown in the reign of Charles the First. What flowers grew in the reign of Charles the First?" I asked – (but I don't remember the answer). Tall flowers with purple tassels to them perhaps. And so it goes on. All the time I'm dressing up the figure of myself in my own mind, lovingly, stealthily, not openly adoring it, for if I did that, I should catch myself out, and stretch my hand at once for a book in self-protection. Indeed, it is curious how instinctively one protects the image of oneself from idolatry or any other handling

dern gleiten, ohne ein Gefühl von Feindseligkeit, ohne Widerstand. Ich möchte tiefer und tiefer sinken, weit unter die Oberfläche mit ihren harten, losgelösten Tatsachen. Um mir einen Halt zu geben, will ich den ersten Gedanken ergreifen, der mir kommt – Shakespeare... Ja, der tut's so gut wie ein anderer. Ein Mann, der sich behäbig in einen Sessel setzte und ins Feuer schaute – so. Gedanken rieselten unablässig aus einem fernen Himmel herab in seinen Kopf.

Er stützte die Stirn in eine Hand, und wenn Leute durch die offene Tür hereinsahen – denn diese Szene soll sich an einem Sommerabend abspielen... Aber wie langweilig das ist, so eine historische Erzählung! Ich habe dafür überhaupt nichts übrig. Wenn mir doch nur etwas Angenehmes einfiele, etwas, das mich mittelbar in einem günstigen Licht erscheinen läßt, denn das sind doch die angenehmsten Gedanken, und sie gehen sogar jenen mausgrauen Menschen sehr oft durch den Sinn, die ernsthaft glauben, es sei ihnen peinlich, gelobt zu werden. Es sind keine Gedanken, in denen man sich rundheraus lobt; das ist ja das Schöne an ihnen. Es sind Gedanken wie diese:

«Und dann betrat ich das Zimmer. Sie sprachen gerade über Pflanzen. Ich erzählte von einer Blume, die ich auf einer Schutthalde auf dem Grundstück eines alten Hauses am Kingsway blühen sah. Der Samen, sagte ich, muß zur Zeit Karls des Ersten gesät worden sein. Was für Blumen gab es zur Zeit Karls des Ersten?» fragte ich... (aber die Antwort habe ich vergessen). Hochstielige Blumen vielleicht mit hängenden lila Blütenköpfen. Und so geht es dann weiter. In meiner Fantasie verkleide ich mein Ich in einem fort, liebevoll, heimlich, ohne es offen zu bewundern, denn in diesem Fall hätte ich mich ja ertappt und würde sogleich aus Selbstschutz nach einem Buch greifen. Es ist wirklich erstaunlich, wie man das Bild, das man von sich selber hat, unwillkürlich gegen blinde Verehrung abschirmt oder gegen jede Art von Gebrauch,

that could make it ridiculous, or too unlike the original to be believed in any longer. Or is it not so very curious after all? It is a matter of great importance. Suppose the looking-glass smashes, the image disappears, and the romantic figure with the green of forest depths all about it is there no longer, but only that shell of a person which is seen by other people – what an airless, shallow, bad, prominent world it becomes! A world not to be lived in. As we face each other in omnibuses and underground railways we are looking into the mirror; that accounts for the vagueness, the gleam of glassiness, in our eyes. And the novelists in future will realise more and more the importance of these reflections, for of course there is not one reflection but an almost infinite number; those are the depths they will explore, those the phantoms they will pursue, leaving the description of reality more and more out of their stories, taking a knowledge of it for granted, as the Greeks did and Shakespeare perhaps – but these generalisations are very worthless. The military sound of the word is enough. It recalls leading articles, cabinet ministers – a whole class of things indeed which as a child one thought the thing itself, the standard thing, the real thing, from which one could not depart save at the risk of nameless damnation. Generalisations bring back somehow Sunday in London, Sunday afternoon walks, Sunday luncheons, and also ways of speaking of the dead, clothes, and habits – like the habit of sitting all together in one room until a certain hour, although nobody liked it. There was a rule for everything. The rule for tablecloths at that particular period was that they should be made of tapestry with little yellow compartments marked upon them, such as you may see in photographs

die es lächerlich oder dem Original so unähnlich machen könnte, daß es nicht mehr glaubwürdig ist. Oder ist das vielleicht gar nicht so erstaunlich? Die Sache ist von größter Wichtigkeit. Angenommen, der Spiegel zerbricht, das Abbild verschwindet und die romantische, vom Grün tiefer Wälder umgebene Gestalt ist nicht mehr da, sondern nur noch die Hülle der Person, die von anderen Menschen wahrgenommen wird – wie luftleer, seicht, kahl, vordergründig wird die Welt! Eine Welt, in der man nicht mehr leben kann. Wenn wir einander in Omnibussen oder Untergrundbahnen gegenübersitzen, blicken wir in den Spiegel: das erklärt die Unbestimmtheit, den glasigen Glanz in unserem Blick. Und die Romanschriftsteller der Zukunft werden zunehmend begreifen, wie bedeutsam diese Spiegelungen sind, denn natürlich gibt es nicht nur eine, sondern beinahe unzählige solcher Spiegelungen. Dies sind die Tiefen, die sie erkunden, dies die Phantome, die sie verfolgen werden, während sie die Beschreibung der Wirklichkeit mehr und mehr aus ihren Erzählungen aussparen, sie als bekannt voraussetzen, so wie die Griechen und vielleicht Shakespeare – aber diese Verallgemeinerungen sind völlig wertlos. Der militärische Klang des Wortes genügt. Er läßt an Leitartikel denken, an Kabinettsmitglieder, eine ganze Klasse von Dingen, die man als Kind für das Ding selbst hielt, die Norm, das wirkliche Ding, von dem man nicht abweichen durfte, ohne schreckliche Verdammnis zu riskieren. Irgendwie wecken Verallgemeinerungen die Vorstellung von Sonntagen in London, Spaziergängen an Sonntagnachmittagen, Sonntagsessen, aber auch davon, wie man über Tote zu sprechen hat, von Kleidung und Sitten, zum Beispiel der Gewohnheit, bis zu einer gewissen Uhrzeit in einem Zimmer beisammenzusitzen, obwohl keiner das mochte. Für alles gab es eine Regel. Für Tischdecken galt zu dieser Zeit die Regel, daß sie aus Dekorationsstoff mit kleinen gelben Mustern sein mußten, wie man sie auf Fotografien der Teppiche sieht, die in den Korridoren der königli-

of the carpets in the corridors of the royal pala-
ces. Tablecloths of a different kind were not real
tablecloths. How shocking, and yet how wonder-
ful it was to discover that these real things, Sunday luncheons, Sunday walks, country houses, and
tablecloths were not entirely real, were indeed
half phantoms, and the damnation which visited
the disbeliever in them was only a sense of illegi-
timate freedom. What now takes the place of
those things I wonder, those real standard things?
Men perhaps, should you be a woman; the mas-
culine point of view which governs our lives,
which sets the standard, which establishes Whitaker's Table of Precedency, which has become, I
suppose, since the war half a phantom to many
men and women, which soon, one may hope,
will be laughed into the dustbin where the phantoms go, the mahogany sideboards and the Landseer prints, Gods and Devils, Hell and so forth,
leaving us all with an intoxicating sense of ille-
gitimate freedom – if freedom exists...

In certain lights that mark on the wall seems
actually to project from the wall. Nor is it entirely
circular. I cannot be sure, but it seems to cast a
perceptible shadow, suggesting that if I ran my
finger down that strip of the wall it would, at a
certain point, mount and descend a small tumulus, a smooth tumulus like those barrows on the
South Downs which are, they say, either tombs
or camps. Of the two I should prefer them to
be tombs, desiring melancholy like most English
people, and finding it natural at the end of a walk
to think of the bones stretched beneath the turf
... There must be some book about it. Some
antiquary must have dug up those bones and giv-
en them a name... What sort of a man is an
antiquary, I wonder? Retired Colonels for the

chen Paläste liegen. Anders aussehende Tischdecken waren keine wirklichen Tischdecken. Wie schockierend und zugleich wunderbar war da die Entdeckung, daß Realitäten wie Sonntagsessen, Sonntagsspaziergänge, Landhäuser und Tischdecken nicht vollkommen wirklich waren, sondern in Wahrheit etwas Gespenstisches hatten, und daß die Verdammnis, die jeden traf, der nicht an sie glaubte, nur ein Gefühl unerlaubter Freiheit war. Was, so frage ich mich, tritt heute an die Stelle dieser Dinge, dieser wirklichen, maßgebenden Dinge? Männer vielleicht, falls man eine Frau ist; die männliche Sichtweise, die unser Leben bestimmt; die die Maßstäbe setzt; die Whitakers «Übersicht der Rangordnung» aufgestellt hat, welche seit dem Ende des Krieges für viele Männer und Frauen vermutlich zu etwas Gespenstischem geworden ist und, so ist zu hoffen, wegen Lächerlichkeit bald in denselben Mülleimer kommt, in den alle Gespenster gehören: die Mahagonianrichten, die Landseer-Drucke, Götter und Teufel, die Hölle und so weiter, so daß wir am Ende ein berauschendes Gefühl unerlaubter Freiheit erleben – falls es Freiheit überhaupt gibt...

In einer bestimmten Beleuchtung scheint dieses Mal an der Wand sogar hervorzustehen. Auch ist es dann nicht völlig rund. Ich bin mir nicht ganz sicher, aber es scheint einen deutlichen Schatten zu werfen, das hieße, daß mein Finger, wenn er über diesen Wandstreifen striche, an einer bestimmten Stelle eine kleine Erhebung hinauf- und dann wieder hinabfahren würde; eine glatte Erhebung, wie die Hügel auf den South Downs, die entweder alte Gräber oder Fliehburgen sein sollen. Ich halte sie eher für Gräber, denn wie die meisten Engländer neige ich zur Schwermut und finde es ganz natürlich, am Ende einer Wanderung an die Gebeine zu denken, die unter dem Gras ausgestreckt liegen... Sicher gibt es ein Buch darüber. Irgendein Altertumsforscher muß diese Knochen ausgegraben und ihnen einen Namen gegeben haben... Ich wüßte gern, was für

most part, I daresay, leading parties of aged labourers to the top here, examining clods of earth and stone, and getting into correspondence with the neighbouring clergy, which, being opened at breakfast time, gives them a feeling of importance, and the comparison of arrowheads necessitates cross-country journeys to the county towns, an agreeable necessity both to them and to their elderly wives, who wish to make plum jam or to clean out the study, and have every reason for keeping that great question of the camp or the tomb in perpetual suspension, while the Colonel himself feels agreeably philosophic in accumulating evidence on both sides of the question. It is true that he does finally incline to believe in the camp; and, being opposed, indites a pamphlet which he is about to read at the quarterly meeting of the local society when a stroke lays him low, and his last conscious thoughts are not of wife or child, but of the camp and that arrowhead there, which is now in the case at the local museum, together with the foot of a Chinese murderess, a handful of Elizabethan nails, a great many Tudor clay pipes, a piece of Roman pottery, and the wine-glass that Nelson drank out of – proving I really don't know what.

No, no, nothing is proved, nothing is known. And if I were to get up at this very moment and ascertain that the mark on the wall is really – what shall I say? – the head of a gigantic old nail, driven in two hundred years ago, which has now, owing to the patient attrition of many generations of housemaids, revealed its head above the coat of paint, and is taking its first view of modern life in the sight of a white-walled fire-lit room, what should I gain? Knowledge? Matter for further speculation? I can think sitting still as well as

ein Mensch so ein Altertumsforscher ist. Meistens wohl ein pensionierter Oberst, der mit einer Schar betagter Arbeiter hier auf den Hügel zieht, Erdklumpen und Steine untersucht und mit Pfarrern in der Umgebung Briefe wechselt, die beim Frühstück geöffnet werden und ihm ein Gefühl von Wichtigkeit geben. Um Vergleiche von Pfeilspitzen anzustellen, werden Reisen in die Städtchen der Grafschaft nötig, was für ihn so angenehm ist wie für seine alternde Ehefrau, die Pflaumenmus kochen oder das Arbeitszimmer putzen möchte und allen Grund hat, die entscheidende Frage, ob Fliehburg oder Grabhügel, für immer unentschieden zu lassen; während der Oberst selbst sich angenehm philosophisch vorkommt, wenn er Beweise bald für die eine, bald für die andere Theorie sammelt. Zwar neigt er zuletzt doch zu der Annahme, es sei eine Fliehburg, und wenn man ihm widerspricht, verfaßt er eine Schrift, die er beim Vierteljahrestreffen des Heimatvereins vortragen will, aber dann streckt ihn ein Schlaganfall nieder, und seine letzten Gedanken gelten nicht Frau und Kind, sondern der Fliehburg und der dort gefundenen Pfeilspitze, die jetzt in der Vitrine im Heimatmuseum liegt, neben dem Fuß einer chinesischen Mörderin, einer Handvoll elisabethanischer Nägel, zahlreichen Tonpfeifen der Tudorzeit, einer römischen Tonscherbe und dem Weinglas, aus dem Nelson getrunken hat – aber was damit bewiesen ist, weiß ich wirklich nicht.

Nein, nein, nichts ist bewiesen oder gewiß. Und wenn ich jetzt sofort aufstünde und feststellte, daß es sich bei dem Mal an der Wand in Wahrheit um – was wollen wir sagen? – um den Kopf eines riesigen Nagels handelt, der vor zweihundert Jahren eingeschlagen wurde und der nun dank dem unermüdlichen Scheuern vieler Generationen von Hausmädchen unter dem Anstrich hervorgekommen ist, so daß sein erster Eindruck von der modernen Welt der Anblick eines weiß getünchten, von einem Kaminfeuer erhellten Raumes ist – was hätte ich damit gewonnen? Erkenntnis? Stoff für weitere Mutmaßun-

standing up. And what is knowledge? What are our learned men save the descendants of witches and hermits who crouched in caves and in woods brewing herbs, interrogating shrew-mice and writing down the language of the stars? And the less we honour them as our superstitions dwindle and our respect for beauty and health of mind increases... Yes, one could imagine a very pleasant world. A quiet spacious world, with the flowers so red and blue in the open fields. A world without professors or specialists or housekeepers with the profiles of policemen, a world which one could slice with one's thought as a fish slices the water with his fin, grazing the stems of the water-lilies, hanging suspended over nests of white sea eggs... How peaceful it is down here, rooted in the centre of the world and gazing up through the grey waters, with their sudden gleams of light, and their reflections – if it were not for Whitaker's Almanack – if it were not for the Table of Precedency!

I must jump up and see for myself what that mark on the wall really is – a nail, a rose-leaf, a crack in the wood?

Here is Nature once more at her old game of self-preservation. This train of thought, she perceives, is threatening mere waste of energy, even some collision with reality, for who will ever be able to lift a finger against Whitaker's Table of Precedency? The Archbishop of Canterbury is followed by the Lord High Chancellor; the Lord High Chancellor is followed by the Archbishop of York. Everybody follows somebody, such is the philosophy of Whitaker; and the great thing is to know who follows whom. Whitaker knows, and let that, so Nature counsels, comfort you, instead of enraging you; and if you can't be comforted,

gen? Wenn ich still sitzenbleibe, kann ich genauso gut nachdenken wie im Stehen. Und was ist schon Erkenntnis? Was sind unsere Gelehrten anderes als die Nachfahren von Hexen und Einsiedlern, die in Höhlen und Wäldern hockten und Kräutersud herstellten, Spitzmäuse befragten und die Sprache der Sterne aufzeichneten? Und wir achten sie um so weniger, je mehr unser Aberglaube schwindet und unsere Verehrung von Schönheit und geistiger Gesundheit zunimmt... Ja, man könnte sich eine sehr schöne Welt vorstellen. Eine stille, geräumige Welt mit strahlend roten und blauen Blumen auf den weiten Feldern. Eine Welt ohne Professoren oder Fachleute oder Haushälterinnen mit einem Polizistenprofil, eine Welt, die man mit dem Geist zerteilt wie ein Fisch das Wasser mit seiner Flosse zerteilt, die Stengel der Wasserlilien streifend, über Nestern weißer Seeigeleier schwebend... Wie friedlich es hier unten ist, verwurzelt im Mittelpunkt der Erde und hinaufschauend durch das Grau des Wassers mit seinem plötzlichen Aufleuchten und seinen Spiegelungen – wenn da nicht Whitakers Almanach und der «Überblick der Rangfolge» wäre!

Aber jetzt muß ich aufspringen und nachsehen, was dieses Mal an der Wand wirklich ist: ein Nagel, ein Rosenblatt, ein Riß im Holz?

Da spielt Mutter Natur wieder das alte Spiel der Selbsterhaltung. Sie merkt, daß dieser Gedankengang zu nichts als Energieverschwendung, ja sogar zu einem Konflikt mit der Wirklichkeit zu führen droht, denn wer könnte je Whitakers Almanach antasten?

Nach dem Erzbischof von Canterbury kommt der Lordkanzler; nach dem Lordkanzler kommt der Erzbischof von York. Jeder kommt nach einem andern, das ist das Weltbild des Whitaker, und das Entscheidende ist zu wissen, wer wem nachfolgt. Whitaker weiß es, und das, so rät Mutter Natur, soll dich beruhigen anstatt dich aufzuregen; und wenn du dich nicht beruhigen lassen willst, wenn du den Frieden dieser

if you must shatter this hour of peace, think of the mark on the wall.

I understand Nature's game – her prompting to take action as a way of ending any thought that threatens to excite or to pain. Hence, I suppose, comes our slight contempt for men of action – men, we assume, who don't think. Still, there's no harm in putting a full stop to one's disagreeable thoughts by looking at a mark on the wall.

Indeed, now that I have fixed my eyes upon it, I feel that I have grasped a plank in the sea; I feel a satisfying sense of reality which at once turns the two Archbishops and the Lord High Chancellor to the shadows of shades. Here is something definite, something real. Thus, waking from a midnight dream of horror, one hastily turns on the light and lies quiescent, worshipping the chest of drawers, worshipping solidity, worshipping reality, worshipping the impersonal world which is proof of some existence other than ours. That is what one wants to be sure of... Wood is a pleasant thing to think about. It comes from a tree; and trees grow, and we don't know how they grow. For years and years they grow, without paying any attention to us, in meadows, in forests, and by the side of rivers – all things one likes to think about. The cows swish their tails beneath them on hot afternoons; they paint rivers so green that when a moorhen dives one expects to see its feathers all green when it comes up again. I like to think of the fish balanced against the stream like flags blown out; and of waterbeetles slowly raising domes of mud upon the bed of the river. I like to think of the tree itself: first the close dry sensation of being wood; then the grinding of the storm; then the slow, delicious

Stunde zerstören mußt, dann denke an das Mal an der Wand.

Ich durchschaue dieses Spiel der Natur, ihren Vorschlag, etwas zu tun, um dadurch jedem Gedanken ein Ende zu machen, der beunruhigend oder schmerzlich zu werden droht. Daher stammt wohl auch unsere leise Verachtung für Männer der Tat – Männer, von denen wir annehmen, daß sie nicht nachdenken. Aber was ist denn dabei, wenn man seinen unerfreulichen Gedanken ein Ende macht, indem man ein Mal an der Wand betrachtet.

Ja, nachdem ich einmal meinen Blick darauf geheftet habe, fühle ich, daß ich eine rettende Planke im Meer ergriffen habe. Ich habe ein wohltuendes Gefühl von Wirklichkeit, das die beiden Erzbischöfe und den Lordkanzler sogleich zu Schatten von Schattengestalten werden läßt. Hier ist etwas Eindeutiges, etwas Wirkliches. Wenn man also um Mitternacht aus einem Schreckenstraum erwacht, macht man schnell das Licht an, bleibt still liegen und huldigt der Kommode, huldigt allem Festen, huldigt der Wirklichkeit, huldigt der Welt der Dinge, die beweist, daß auch unabhängig von uns etwas vorhanden ist. Darüber will man doch Gewißheit haben... Es ist etwas Schönes, über Holz nachzudenken. Es stammt von Bäumen. Bäume wachsen, aber wir wissen nicht, wie sie wachsen. Jahr um Jahr wachsen sie, ohne sich um uns zu kümmern, auf Weiden, in Wäldern und an Flußläufen – alles Dinge, an die man gerne denkt. Kühe stehen an heißen Nachmittagen unter ihnen und schlagen mit dem Schwanz; sie färben Flüsse so grün, daß man erwartet, ein untergetauchtes Wasserhuhn müsse ein ganz grünes Gefieder haben, wenn es wieder nach oben kommt. Ich denke gerne an die Fische, die still in der Strömung stehen wie im Winde wehende Fahnen, und an die Wasserkäfer, die auf dem Grund des Flusses langsam Kuppeln aus Schlamm errichten. Ich denke gern an den Baum selbst: zuerst an das Gefühl, aus festem, trockenem Holz zu sein; dann an das Ächzen im Sturm;

ooze of sap. I like to think of it, too, on winter's nights standing in the empty field with all leaves close-furled, nothing tender exposed to the iron bullets of the moon, a naked mast upon an earth that goes tumbling, tumbling all night long. The song of birds must sound very loud and strange in June; and how cold the feet of insects must feel upon it, as they make laborious progresses up the creases of the bark, or sun themselves upon the thin green awning of the leaves, and look straight in front of them with diamond-cut red eyes... One by one the fibres snap beneath the immense cold pressure of the earth, then the last storm comes and, falling, the highest branches drive deep into the ground again. Even so, life isn't done with; there are a million patient, watchful lives still for a tree, all over the world, in bedrooms, in ships, on the pavement, lining rooms, where men and women sit after tea, smoking cigarettes. It is full of peaceful thoughts, happy thoughts, this tree. I should like to take each one separately – but something is getting in the way ... Where was I? What has it all been about? A tree? A river? The Downs? Whitaker's Almanack? The fields of asphodel? I can't remember a thing. Everything's moving, falling, slipping, vanishing... There is a vast upheaval of matter. Someone is standing over me and saying –

"I'm going out to buy a newspaper."

"Yes?"

"Though it's no good buying newspapers... Nothing ever happens. Curse this war; God damn this war!... All the same, I don't see why we should have a snail on our wall."

Ah, the mark on the wall! It was a snail.

dann an das allmähliche köstliche Steigen der Säfte. Auch an Winterabenden denke ich gern daran, wie er auf dem leeren Feld steht, die Blätter fest zusammengerollt, nichts Zartes den eisernen Kugeln des Mondes ausgesetzt, ein nackter Mast auf einer Erde, die rollt und rollt, die ganze Nacht. Der Gesang der Vögel muß im Juni sehr laut und seltsam klingen; und wie kalt müssen die Beine von Insekten sein, die mühsam die runzlige Baumrinde hinaufklettern oder sich auf den dünnen grünen Blattmarkisen sonnen und dabei mit roten Augen, die geschliffenen Diamanten gleichen, starr vor sich hinsehen... Eine nach der anderen reißen die Fasern unter dem gewaltigen kalten Druck der Erde, dann kommt der letzte Sturm, und im Fallen bohren sich die höchsten Äste wieder tief in den Boden. Und doch ist das Leben damit nicht zu Ende, es gibt noch eine Million geduldiger, wachsamer Leben für einen Baum, überall auf der Welt: in Schlafzimmern, auf Schiffen, auf Gehwegen, als Wandverkleidung dort, wo Männer und Frauen nach dem Tee beisammensitzen und Zigaretten rauchen. Er enthält eine Fülle friedlicher, glücklicher Gedanken, dieser Baum. Ich würde mir gern jeden von ihnen einzeln vornehmen, aber etwas hindert mich daran... Wo war ich gerade? Worum ging es? Um einen Baum? Einen Fluß? Die Downs? Whitakers Almanach? Die elysischen Felder? Ich kann mich an nichts mehr erinnern. Alles bewegt sich, fällt, gleitet, schwindet... Die Materie ist in Aufruhr. Jemand steht dicht neben mir und sagt:

«Ich gehe mal eben eine Zeitung kaufen.»

«So?»

«Obwohl es ganz überflüssig ist, Zeitungen zu kaufen... Es geschieht ja doch nichts. Verdammter Krieg! Der Teufel soll ihn holen!... Trotzdem finde ich, daß eine Schnecke auf unserer Wand nichts zu suchen hat.»

Ach, das Mal an der Wand! Es war also eine Schnecke.

Anmerkungen

Kew Gardens

Seite 6 *Kew Gardens* – Großer Botanischer Garten im Westen Londons, an der Themse; Mitte des 18. Jahrhunderts angelegt.

Seite 18, Zeile 9 *sixpence* – Vor der Umstellung auf das Dezimalsystem (1971) hatte ein Pfund zwanzig Shilling, ein Shilling zwölf Pence.

Seite 20, Zeile 20 *Chinese pagoda* – Von dem Landschaftsgärtner William Chambers 1761 errichtet.

Seite 20, Zeile 2 v. u. *palm house* – Mitte des 19. Jahrhunderts errichteter Bau aus Glas und Schmiedeeisen.

An Unwritten Novel

Seite 28, Zeile 8 v. u. *Peace* – Der Versailler Vertrag trat am 10. Januar 1920 in Kraft.

Seite 26, Zeile 21, 22 *Surrey, Sussex* – Die Bahnlinie von London nach Eastbourne an der Südküste, die die Grafschaften Surrey und Sussex durchquert, hat Virginia Woolf öfters benutzt, um in ihr Haus in Rodmell nahe dem Städtchen Lewes zu gelangen.

Seite 32, Zeile 9 v. u. *Kruger* – Paulus («Ohm») Krüger (1825–1904), Führer der Buren im Aufstand gegen die Engländer 1880 und später Präsident von Transvaal, steht in scharfem Gegensatz zu Königin Victorias als sanft geltendem Ehemann Albert (1819–1861)

Seite 40, Zeile 22 *Drake* – Sir Francis Drake (?1540–1596) unternahm als Freibeuter Fahrten nach Südamerika und in die Karibik, von wo er reiche Beute nach England brachte.

Seite 42, Zeile 5 v. u. *Truth* – 1877 gegründete, weit verbreitete Wochenzeitschrift, auf eine Art Enthüllungsjournalismus spezialisiert.

Mrs Dalloway in Bond Street

Diese Skizze bildete zusammen mit einigen anderen den Kern des Romans «Mrs Dalloway».

Seite 54 *Bond Street* – Elegante Einkaufsstraße im Londoner West End.

Seite 54, Zeile 3 *Big Ben* – Volkstümlicher Name für Uhr und Glocke im Glockenturm der Parlamentsgebäude aus dem Jahre 1856.

Seite 54, Zeile 12 *Westminster* – Stadtteil im Zentrum Londons, wo sich unter anderem Parlament und Buckingham Palace befinden.

Seite 54, Zeile 4 v. u. *C. B.* – Companion of the Order of the Bath: Träger eines der höchsten britischen Verdienstorden.

Seite 58, Zeile 5 *Victoria's white mound* – Das 1910 aus weißem Marmor und Granit errichtete, 27 Meter hohe Victoria Memorial. Es steht vor der Ostfassade des Buckingham Palace, am Ende der von Bäumen gesäumten Prachtstraße The Mall, die am anderen Ende durch den Triumphbogen Admiralty Arch abgeschlossen wird.

Seite 58, Zeile 17   *South African war* – Burenkrieg 1899–1902.

Seite 58, Zeile 22   *Indians* – Victoria (1819–1901) war Königin von England und seit 1877 zugleich Kaiserin von Indien.

Seite 58, Zeile 27   *the Park* – Green Park, westlich und nördlich des Buckingham-Palastes gelegen, an der Nordwestseite durch Piccadilly und im Nordosten teilweise durch Arlington Street begrenzt.

Seite 60, Zeile 21   *And now can never mourn... – ...world's slow stain* – Zitat aus der Elegie «Adonais» (1821) des Romantikers Percy Bysshe Shelley (1792–1822).

Seite 60, Zeile 24   *...have drunk their cup...* – Zitat aus den von Edward Fitzgerald (1809–1883) nachgedichteten Versen (Ruba'ijat) des persischen Dichters Omar Chajjam (12. Jahrhundert).

Seite 62, Zeile 1   *Lady Burdett-Coutts* – (1814–1906), Philanthropin. Im Erkerfenster ihres Hauses hing lange Zeit ein Papagei in einem Käfig. Als der Papagei starb, wurde er durch eine Nachbildung ersetzt.

Seite 62, Zeile 3   *Devonshire House* – Stadthaus der Herzöge von Devonshire, 1734–7 erbaut, 1918 verkauft und Mitte der 20er Jahre umgebaut. Die vergoldeten Leoparden waren Teil der schmiedeeisernen Tore (seit 1921 am Green Park aufgestellt).

Seite 62, Zeile 4   *Claridge's* – Traditionsreiches Luxushotel.

Seite 62, Zeile 7   *St. James's Palace* – Von Heinrich VIII. errichteter weitläufiger Backsteinbau; Londoner Residenz der englischen Monarchen, bis Königin Victoria 1837 in den Buckingham-Palast zog.

Seite 62, Zeile 10   *Lord's, Ascot, Hurlingham* – Die Namen stehen für die Austragungsorte «gesellschaftsfähiger» Sportarten: Lord's (Cricket Ground) für Kricket, das Städtchen Ascot für Pferderennen, Hurlingham (Club) für Polo; alle drei liegen westlich oder nordwestlich der Innenstadt, so daß die Autos in Piccadilly dorthin unterwegs sein könnten.

Seite 62, Zeile 14   *Sir Joshua, Romney* – Sir Joshua Reynolds (1723–92), Porträtmaler und erster Präsident der Royal Academy; George Romney (1734–1802), erfolgreicher Porträtmaler.

Seite 62, Zeile 17   *Soapey Sponge* – Spitzname der Hauptgestalt in dem Roman *Mr. Sponge's Sporting Tour* (1853) von R.S. Surtees.

Seite 62, Zeile 20   *Dark Lady* – Eine dunkelhaarige Schönheit, die in zahlreichen Sonetten Shakespeares erwähnt wird und hinter der verschiedene historische Personen vermutet worden sind.

Seite 62, Zeile 25   *Cranford* – In ihrer Erinnerung an Elizabeth Gaskells Roman *Cranford* (1853) vermischt Clarissa die Bezeichnung der Dorfjungen für den ersten roten Sonnenschirm ihres Lebens («ein Stock mit Unterrock») und die Episode von der Kuh, die eine graue Decke trägt, nachdem sie bei einem Sturz in eine Kalkgrube alle Haare verloren hat.

Seite 62, Zeile 5 v. u.   *Fear no more...* – Zitat aus dem Grablied in Shakespeares *Cymbeline*, IV, 2

Seite 66, Zeile 6   *Aeolian Hall* – Konzertsaal, später Studio der BBC, 1904 eröffnet, 1975 geschlossen.

Seite 68, Zeile 7 v. u.   *Keats* – John Keats (1795–1821), Dichter der englischen Romantik.

Seite 74, Zeile 9   *Sargent* – Der amerikanische Maler John Sargent
(1856–1925) porträtierte viele Damen der englischen Gesellschaft.

The Shooting Party

Seite 76, Zeile 4   *midlands* – Die Grafschaften im Zentrum Englands.

Seite 78, Zeile 4 v. u.   *Edward* – König Edward VII. (1901–1910)

Seite 80, Zeile 19   *Squire* – Landedelmann

Seite 90, Zeile 3   *Goat and Sickle* – Wirtshausname

Lappin and Lapinova

Seite 98, Zeile 22   *Albert Memorial* – Denkmal im neugotischen Stil,
1864–72 im Hyde Park für den verstorbenen Prinzgemahl errichtet.

Seite 100, Zeile 5 v. u.   *Rugby* – Sehr angesehene Internatsschule.

Seite 110, Zeile 15   *lark's laughter* – Die Doppeldeutigkeit, die darauf
beruht, daß *lark* sowohl die Lerche als auch einen Spaß oder Jux bezeichnet, ist nicht ins Deutsche übertragbar.

Seite 110, Zeile 6 v. u.   *ferret* – In England werden Frettchen bei der Jagd
benutzt, um Füchse, Dachse u. a. aus ihrem Bau zu treiben.

The Mark on the Wall

Seite 142, Zeile 27   *Queen Anne* – Letzte Stuart-Königin (1702–1714);
ihr Name bezeichnet zugleich eine Kunstperiode.

Seite 146, Zeile 25   *Kingsway* – Große Londoner Verkehrsstraße.

Seite 146, Zeile 26   *Charles the First* – Regierte von 1625 bis 1649.

Seite 150, Zeile 12   *Whitaker's* – Gemeint ist das Adelsregister in *Whitaker's Almanack*, einem jährlich erscheinenden Nachschlagewerk.

Seite 150, Zeile 17   *Landseer* – Sir Edwin Landseer (1802–1873), einer
der beliebtesten Maler der viktorianischen Zeit, war vor allem durch
seine Druckgraphik populär geworden.

Seite 150, Zeile 27   *South Downs* – Hügelkette aus Kreidekalk im Süden
Englands.

Der Verlag schickt auf Wunsch gern ein Verzeichnis der Reihe dtv zweisprachig.

Deutscher Taschenbuch Verlag
Friedrichstraße 1a, 80801 München